사건은 문방구로 모인다

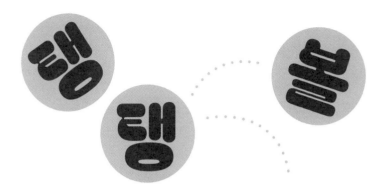

탱탱볼

강이라 장편소설

사건은
문방구로
모인다

문학동네

차례

향수맨숀의 전설   7

백계단의 아이   11

세상이라는 암호문   15

수요일에는 추리소설을   24

탱탱볼과 도도마   29

맥도날드의 미스 마플   37

흔들리는 노란 스마일리   41

고릴라는 생각하지 마   53

원탁의 추리   62

이상한 사람과 씹던 껌   70

잠 못 드는 강아지   74

문방구에 모두 모이다   78

어떤 약속   84

범인의 흔적   90

클로즈드 서클   97

놓을 수 없기에   101

거꾸로 선 나무   107

두 개의 이름   112

쌍둥이의 방   122

엄마의 비밀 메시지   125

나는 나   136

언젠가 다시   142

제자리멀리뛰기   145

여름방학   152

모험의 시작   157

어제 던진 공   164

작가 노트   172

추리소설 더 읽기   175

향수맨숀의 전설

 향수맨숀은 지은 지 사십 년이 넘은 오래된 다세대 건물이다. 일 층은 상가이고, 이 층부터 사 층까지 모두 열두 집이 살았다. 관리에 소홀한 맨숀은 제 나이보다 더 늙어 보였고 살구색으로 칠했다는 외벽을 보며 살구를 떠올릴 사람은 아무도 없었다. 맨숀. 맞춤법 따윈 신경 쓰지 않겠다는 똥고집. 이 동네에서만 이십 년 넘게 일했다는 우편집배원도 맨션이든 맨숀이든 개의치 않았다.

 "맨숀이라고 적은 데도 있는걸. 찰떡같이 말해도 개떡같이 알아들으면 무슨 문제야."

 동네 사람들은 깔깔거리며 집배원의 말을 찰떡같이 알아들었다.

 맨숀을 정면으로 바라보았을 때, 일 층 맨 왼쪽부터 뜨개방, 미니슈퍼, 꽈배기 가게, 문방구가 있었다. 네 가게의 이름은 향수뜨개방, 향수미니슈퍼, 향수꽈배기, 향수문방구. 같은 돌림자를 쓰는 사 남매 같기도 해서 정겨운 면도 없지 않았다. 긴 세월 동안 무수히 많은 가게가 들어왔다 나가고 주인도 셀 수 없이 바뀌었지만 상호는 언제나 '향수'였다. 계약서에는 없는 향수맨숀만의 관습법이었다. 전해 오는 이야기에 따르면, 향수맨숀을 지은 건물주가 이름을 받으러 단골 점집에 갔더니 점쟁이가 '향' '수' 두 글자를 쓴 종이를 던져 주었다고 한다. 건물주는 '수향'은 갓 태어난 딸의 이름으로, '향수'는 갓 지은 맨숀의 이름으로 삼았다.

"그동안 향수라는 이름 안 쓴 가게도 있었어요?"

어느 날, 뜨개방에 모여 손을 놀리던 사람들이 뜨개방 할머니에게 물었다. 뜨개방 할머니는 향수맨숀의 최초 입주자이자 터줏대감이었다.

"딱 한 집 있었지."

돋보기안경을 쓴 뜨개방 할머니가 코바늘뜨기를 하면서 대답했다.

"어떻게 됐어요, 그 집?"

사람들이 침을 꼴깍 삼켰다. 뜨개방 할머니는 손을 멈추고 사람들을 쓱 둘러보았다. 젊어 남편을 잃고 뜨개질로 아들 둘을 키워 내면서 할머니는 만담 고수가 되었다. 이야기의 완급을 조절

하며 듣는 사람들을 안달이 나게 했다.

"우리 옆집이었지. 지금 슈퍼 자리. 그땐 떡집이었어. 감자떡을 참 맛있게 했지."

한 사람이 꿀떡이 먹고 싶다고 말하자 옆 사람이 나는 절편, 하며 말을 보탰고 남은 한 사람이 "쫌!" 하고 핀잔을 주었다.

코바늘을 다시 움직이며 뜨개방 할머니는 무심히 대답했다.

"목매달아 죽었어."

떡 먹은 듯 말문이 막힌 사람들이 딸랑, 문소리에 소스라치게 놀라 돌아보았다. 큰 키에 커트 머리, 광대가 도드라진 긴 얼굴, 잔주름 진 셔츠에 청바지를 받쳐 입은 영욱이 손에 접시를 들고 서 있었다.

"어머, 웬 떡이니?"

문 가까이 있던 사람이 반갑게 접시를 받았다. 시루떡이었다.

"인사들 해. 향수문방구 새 주인."

뜨개방 할머니가 돋보기안경 너머로 눈을 치켜뜨며 말했다.

"문방구 주인 바뀌었어요? 언제요? 망한 거 아니었어요?"

사람들이 호기심 어린 표정으로 영욱을 살폈다. 뜨개방 할머니가 "쯧." 혀를 찼다.

"입 닫고 떡이나 드셔."

"입 닫고 떡을 어떻게 먹는데요."

사람들이 키득대며 떡 한 조각씩을 입에 쏙 집어넣었다.

영욱은 가벼운 목례를 하고 뜨개방을 나왔다. 길은 오가는 사람이 적어 몹시 조용했다. 문방구로 느린 걸음을 옮기던 영욱이 멈춰 섰다. 그리고 길 건너 백계단을 바라보았다.

한 아이가 보였다.

백계단의 아이

아이는 백계단에 앉아 있었다.

영욱은 습관적으로 아이의 머리끝부터 발끝까지 훑었다.

미용실에 다녀온 지 얼마 안 되어 보이는 깔끔한 커트 머리, 작은 키에 비해 긴 듯한 팔다리, 나이키 로고가 또렷이 박힌 회색 티셔츠에 배기바지, 눈에 띄는 형광색 히프 색. 작고 마른 몸이 고사리 새순 같았다.

아이는 영욱이 자신을 스캔 중이라는 걸 알고 협조라도 하듯 꼼짝하지 않았다. 한동안 가만히 있던 아이가 두 손을 허리에 척 올리며 턱을 치켜들었다. 가시를 바짝 세운 가시복을 닮았다고 영욱은 생각했다. 한껏 덩치를 키워 봤자 가시복에는 독이 없다.

"안녕."

영욱은 양손을 가슴께에서 넓게 펴 보였다. 내 손엔 너를 공격할 어떤 무기도 없으니 안심해. 수신호가 통했는지 아이가 자리를 털고 일어났다. 아이는 딱 두 계단을 내려오더니 멈춰 섰다. 영욱과 대등한 높이로 설 수 있는 자리였다. 영욱은 오래간만의 기 싸움이 싫지 않았다.

"안녕하세요."

외모로는 성별을 가늠하기 어려웠지만 목소리를 들으니 분명 여자아이였다. 커트 머리에 형광색을 좋아하니 자기주장이 뚜렷할 것이다. 옷과 신발이 깔끔하고 딱 맞는 걸로 보아 외동이라고 영욱은 짐작했다.

"학교 벌써 마쳤니?"

아이는 한심하단 표정을 지었다.

"오늘은 개교기념일이에요."

"그러니? 어쩐지 애들이 안 보인다 싶었어."

"문방구 주인이 그런 것도 몰라요?"

아이의 말끝이 부스러기 하나 없이 똑똑 떨어졌다. 서울 토박이의 서울 말씨. 서울 태생으로 서울을 벗어나 산 적 없겠다 싶었다.

"공 찾으러 왔어요."

"공? 무슨 공?"

그때 한일태권도의 노란 셔틀버스가 둘 사이를 지나갔다. 유치부 아이들이 다 같이 차창에 달라붙어 돼지코를 만들었다. 아이가 걔들을 유치하다는 듯이 쳐다보았다.

"어제 던진 공이요."

아이는 어느새 영욱의 바로 앞까지 와 있었다. 쌍꺼풀 없는 눈꺼풀 아래로 검은 바둑알 같은 눈동자가 티 없이 깨끗했다.

"언제 던진 공?"

아이는 짧은 한숨을 폭 내쉬며 다시 양손을 허리에 척 올렸다.

"어, 제, 던, 진, 공이요!"

영욱은 그제야 머리 위로 날아가는 공을 발견한 사람처럼 하늘을 올려다보았다. 하늘에는 구름만이 느릿느릿 지나가고 있었다.

"무슨 말을 하는지 잘 모르겠구나, 꼬마야."

"저, 꼬마 아녜요. 열 살이고 십 대예요."

아이는 자기가 돼지코나 만들며 좋아할 나이는 지났다는 걸 강조하듯 말했다.

"그래, 미안하다. 이름이 뭐니?"

"리라요."

짓궂은 또래에게 놀림깨나 당할 이름이었다.

"지금 무슨 생각 하세요?"

"아무 생각 안 했는데."

"고릴라 생각했죠?"

"고씨니?"

그럴 줄 알았다는 듯 리라가 볼멘 표정을 지었다. 아니라고도 할 수 없어 영욱은 어깨를 가볍게 들어 보였다.

"어쨌든 반갑구나. 나는 신영욱이야."

영욱은 리라에게 손을 내밀었다. 어른의 인사법에 당황했는지 리라의 볼이 살짝 붉어졌다. 리라가 작은 손을 내밀어 영욱의 손끝을 가볍게 잡았다.

"알고 있어요. 신영욱 형사님."

영욱은 헛웃음이 나왔다. 간파를 당한 건 아이가 아니라 영욱, 자신이었다. 그런데도 불쾌하지 않았다. 오히려 아이의 말똥한 눈과 관찰력이 흥미로웠다.

"이기예요."

"이기?"

"제 성 말이에요."

영욱의 머릿속에서 고릴라는 사라지고 대신 승리의 깃발이 펄럭이기 시작했다. 영욱은 진심으로 감탄했다.

"와, 이름이 멋지구나. 이기리라."

세상이라는 암호문

사회 시간이었다. 학생의 반은 졸고 나머지 반은 서로 속닥거리거나 딴짓을 하고 있었다. 하나는 딴짓하는 부류였다. 사회교과서 밑에 다른 책을 펼쳐 놓고 몰래 읽었다. 추리소설 '에놀라홈즈' 시리즈였다.

일 년 전 하나의 열세 번째 생일날, 엄마는 하나를 동네에서가장 작은 서점으로 데려갔다. 큰 서점으로 가자는 하나에게 엄마가 말했다.

"이곳은 네게 가장 가까운 세계야. 가까운 세계에서부터 서서히 나아가야 먼 세계까지 헤매지 않고 갈 수 있어. 이 서점에서하나가 읽고 싶어 하는 책을 전부 사 줄게. 여기서 더 이상 볼 게없어지면 그때 좀 더 큰 서점으로 가 보자."

하나는 소설 서가에 가지런히 꽂힌 책의 책등을 하나씩 손으로 훑어보았다.

"엄마가 한 권 추천해 줄까?"

궁금한 책이 너무 많은 하나에게 엄마가 말했다. 하나가 고개를 끄덕였다. 서가를 살피던 엄마가 맨 위 칸에서 책 한 권을 꺼냈다.

표지에는 검은 고양이 한 마리가 노란 눈을 치켜뜨고 있었다.

"에드거 앨런 포라는 추리소설가의 책이야."

엄마는 책의 차례 부분을 펴 하나에게 보여 주었다. 그리고 손가락으로 제목 하나를 가리켰다.

"「모르그 거리 살인」. 밀실에서 일어난 살인 사건 이야기인데, 범인이 누군지 알면 깜짝 놀랄 거야."

엄마가 부러 무서운 표정을 지어 보였다.

"엄마가 이 책에서 제일 좋아하는 작품은 이거야."

"「황금벌레」?"

"해적이 남긴 암호문을 풀어 보물을 찾는 이야기야. 아주 근사한 암호문이 나오지."

엄마는 책장을 휘리릭 넘기더니 한 곳을 펼쳐 보였다. 숫자와 문장부호, 괄호가 뒤섞여 있어 글이 아닌 그림처럼 보였다.

"이게 암호라고? 이걸 정말 풀 수 있다고?"

"그럼."

엄마는 책을 하나에게 건네주었다. 그리고 가만히 눈을 맞췄다.

"딸! 암호문은 약속된 비밀 언어야. 방법만 알면 쉽게 풀 수 있어. 우리도 한번 해 볼까?"

"못 풀면 어떡해?"

"보물찾기 실패지 뭐."

엄마가 어깨를 으쓱하자 하나가 실망한 표정을 지었다.

"연습하면 돼. 쉬운 거부터 해 보자. 엄마가 하나씩 가르쳐 줄게."

하지만 엄마는 약속을 지키지 못했다.

누가 하나의 옆구리를 쿡 찔렀다. 돌아보니 옆자리 지은이 울상이었다.

"왜?"

"나, 그거 같아."

"그거?"

"ㅅㄹ."

지은이 암호로 말했다.

"어떡하지."

지은은 왼손으로 아랫배를 감싸고 있었다.

"ㅅㄹㄷ 있어?"

하나가 다시 암호로 물었다. 지은이 고개를 저었다.

"괜찮을까?"

하나가 뭘? 하는 표정을 짓자 지은이 아래쪽을 가리켰다. 지은은 노란색 체육복 바지를 입고 있었다. 앞 시간이 체육이어서 애들은 대부분 체육복 차림이었다. 하나는 선생님의 눈치를 살핀 후 지은에게 눈짓했다. 지은은 상체를 기울이며 한쪽 엉덩이를 살짝 들어 보였다. 하나가 낮은 소리로 탄식했다. 지은은 거의 울기 직전이었다.

"걱정 마. ㅅㄹㄷ 보건실에 있어."

마침 쉬는 시간을 알리는 종이 울렸다. 아이들은 몸을 들썩거리며 선생님의 퇴장만 기다렸다. 하나는 소란스러운 틈을 타 지은의 교복 재킷을 허리에 둘러 주었다.

하나는 지은과 교실을 나섰다. 지은을 화장실에 데려다주고 보건실에 가서 생리대를 받아 올 생각이었다. 그런데 한참을 걷다가 챙기지 않은 게 생각났다. 하나는 지은의 귀에 대고 속삭였다.

"교복 치마 가져올게. 먼저 가 있어."

하나는 교실로 되돌아갔다. 지은의 사물함에서 교복 치마를 꺼내 돌돌 말아 쥐고는 서둘러 화장실 쪽으로 향했다. 하나의 시선에 이찬호가 들어왔다. 쉬는 시간이면 복도로 나와 지나다니는 애들에게 장난을 치는 한심유치파의 보스였다.

그때, 구석에 몰린 쥐처럼 벽에 등을 바짝 붙이고 선 지은이 보였다. 얼굴은 하얗게 질려 있었다. 허리에 둘렀던 재킷이 보이지 않았다. "아!" 소리를 지르며 하나가 달렸다. 찬호가 몸을 틀며 재킷을 쥔 팔을 번쩍 들어 올렸다. 하나가 뛰어오르며 팔을 뻗었지만 키가 큰 찬호의 손끝에는 닿지 못했다.

"우이쒸. 놀랬잖아."

"내놔! 교복."

하나가 찬호 앞에 손을 내밀었다.

"네 거야?"

"네 거도 아니잖아."

"복장 불량. 교복 위아래도 모르길래 가르쳐 주려는데 왜 네가 성질이야!"

"너랑 말씨름하기 싫어. 빨리 내놔."

"그래."

웬일로 순순히 나오나 싶었으나 찬호는 이내 본색을 드러냈다.

"주세요, 해 봐."

찬호가 교복 재킷을 든 팔을 내렸다. 하나가 잡으려 하자 찬호가 몸을 홱 비틀며 피했다.

"반하나 너 말고 김지은. 네가 와서 받아 가."

하나가 다시 낚아채려 하자 찬호는 긴 팔을 휘휘 내저으며 피했다.

"반, 하, 나 말고 바, 나, 나. 이 못생긴 바, 나, 나야. 넌 빠지라고."

복도를 쩌렁쩌렁 울리는 찬호의 목소리에 아이들이 웃음을 터뜨렸다. 바나나는 하나의 별명이었다. 같은 유치원과 초등학교를 다녔기 때문에 찬호는 하나의 별명을 잘 알고 있었다. 중학교 와서는 아직 별명으로 불린 적이 없었는데 찬호가 대놓고 떠든 것이었다.

"이찬호. 그만해."

하나가 입술을 앙다물었다.

"반하나 보니까 갑자기 바나나 먹고 싶다."

찬호가 짓궂게 입을 쩝쩝거렸다.

"너 정말!"

참다못한 하나가 찬호를 향해 덮치듯이 뛰어오르며 팔을 휘저었다. 뒤로 물러서던 찬호가 그만 엉덩방아를 찧으며 넘어졌고, 그 바람에 하나까지 무게중심을 잃고 찬호 위로 엎어지고 말았다.

"아야!"

복도에 나자빠진 찬호가 손으로 코를 감쌌다. 하나는 그 틈을 놓치지 않고 찬호의 손에서 재킷을 빼냈다. 그리고 지은에게 건네주었다. 지은이 하나의 손목을 잡고는 속삭였다.

"어떡해. 이찬호 코피 흘려."

하나는 지은과 팔짱을 끼고는 별일 아니라는 듯 화장실을 향해 걸었다. 놀란 아이들이 물러서며 길을 터 주었다. 슬쩍 돌아보니 주저앉은 찬호의 한쪽 코에서 정말로 코피가 흐르고 있었다.

수업이 끝나자마자 하나는 상담실로 불려 갔다. 누가 아까의 실랑이를 선생님한테 이른 모양이었다. 상담실 문을 여니 찬호와 찬호네 반 담임이 동시에 하나를 쳐다보았다. 고개 숙인 찬호의 한쪽 콧구멍에 휴지가 꽂혀 있었다. 찬호네 담임이 찬호를 가리켰다.

"좀 봐라. 저게 뭐냐?"

하나가 선 채로 대답했다.

"같이 넘어지면서 부딪쳤어요."

"장난에 너 혼자 펄쩍펄쩍 뛰었다던데."

"사정이 있었습니다."

"뭔데?"

"그건…… 프라이버시라 말할 수 없어요."

담임이 기가 찬 얼굴로 하나를 보았다.

"어쨌든 너 때문에 코피 터진 건 맞지?"

하나가 억울하다는 듯 말했다.

"미필적 고의였어요!"

담임은 손을 내저었다.

"애답게 말해."

"애 아니에요. 열네 살, 청소년입니다."

"그래그래. 애가 아니라니 어떤 경우에도 폭력이 옳지 않다는 것쯤은 잘 알겠지. 인정하고 사과해."

선생님의 말에 하나는 입을 꾹 다물었다.

"저, 선생님……. 제가 먼저 놀렸어요. 하나는 잘못 없어요."

찬호가 주눅 든 목소리로 끼어들었다.

"안 되겠네, 이거. 반하나. 내일 엄마 모셔 와."

하나는 여전히 입을 조개처럼 다물고 대답하지 않았다.

"못 들었어? 내일 엄마 모셔 오라고."

"보호자는…… 모셔 올 수 있습니다."

담임이 하나를 외계인 보듯 쳐다보았다.

"엄마 모셔 오라는 게 보호자 모셔 오라는 거지. 뭐가 달라?"

"선생님……."

찬호가 앉은자리에서 안절부절못했다.

"아이고 머리야."

담임이 하나 쪽으로 새 쫓듯 팔을 저었다.

"나가 나가. 반하나. 일단 교실로 돌아가."

하나는 고개 숙여 인사를 하고는 상담실을 나갔다. 찬호가 걱정스레 하나의 뒷모습을 보았다.

담임이 이번에는 찬호에게 손을 휘저었다.

"너도 나가. 그 덩치가 아깝다. 자알한다."

울상이 된 찬호가 말했다.

"선생님, 반하나요……, 엄마 안 계세요."

담임은 그게 무슨 말이냐는 얼굴로 찬호를 보았다.

"작년에 돌아가셨어요."

"뭐?"

담임의 얼굴이 일그러졌다.

"그걸 이제 말하면 어떡해!"

수요일에는 추리소설을

'수북수북 수북하세요.'

동우는 포스터가 붙은 종합자료실 유리문을 열고 들어갔다. 종합자료실 안에는 사람이 거의 없었다. 동우는 곧장 자료검색용 컴퓨터 앞으로 갔다.

동우에게 도서관은 놀이터이자 공부방이었다. 어려서부터 매일 도서관을 들락거리다 보니 사서들도 동우를 잘 알았고, 동우에게 '십진왕'이라는 별명까지 붙여 주었다. 동우는 한 주도 거르지 않고 매주 세 권씩 책을 빌려 갔는데, 도서 십진분류법에 따라 차례대로 책을 대출하는 패턴이 있었기 때문이다. 600번대 예술 책을 두 권 읽었으면 다음 주에는 700번대 언어 관련 책을 두 권 보고, 그다음 주에는 800번대 문학 책을 두 권 읽는 식이었다. 세 권 중 남은 한 권은 무조건 추리소설이었다.

이번 주는 400번대, 순수과학 차례였다. 동우는 수학 관련 책

두 권을 고른 후 사서 데스크로 갔다. 사서가 말없이 손을 내밀었다. 동우는 자료검색용 컴퓨터에서 출력한 종이를 건넸다.

"또 보존서고야?"

"네."

"같은 제목 책 저쪽 800번대에도 있는데. 십진왕 님, 그걸로 읽으면 안 되실까요?"

사서가 턱짓으로 안쪽 서가를 가리켰다.

"황금가지 버전은 다 읽었어요. 해문출판사 구판 버전으로 다시 읽어 보려고요."

사서가 고개를 절레절레 흔들며 보존서고로 향했다. 그리고 얼마 뒤 책등이 붉은 책을 한 권 들고 돌아왔다.

"애거사 크리스티. 『패딩턴발 4시 50분』. 해문출판사. 오케이?"

"감사합니다."

"빌려 가는 책 다 읽기는 하니?"

"읽지 않을 책은 빌리지도 않아요."

"그래. 동우는 공부도 잘하지? 나중에 서울대 갈 거야?"

"저 서울대 안 갈 건데요."

동우가 책을 가방에 넣으며 시큰둥하게 대답했다.

"그럼 어디 생각한 데 있어?"

"경찰대요. 프로파일러 되려고요."

"프로파일러?"

"거짓이 싫어서요."

사서는 알 듯 말 듯 한 표정을 지었다. 동우는 꾸벅 고개 숙여 인사하고는 돌아섰다. 그리고 다시 서가로 향했다. 긴 서가의 끝, 창가에 서서 책을 읽는 영지가 보였다. 동우는 서가의 책을 공연히 뒤적였다. 기척을 느꼈을 텐데도 영지는 책에서 시선을 떼지 않았다. 동우는 결심한 듯 영지에게 다가갔다. 그러고는 영지가 들고 있던 책을 탁 덮어 버렸다. 영지가 놀라서 눈을 동그랗게 떴다. 동우가 영지 쪽으로 한 걸음 더 다가갔다. 머리 위 서가로 팔을 뻗는 동우를 피해 영지가 뒷걸음질 쳤다.

"이 책 읽을 차례야."

동우가 서가에서 뺀 책을 영지에게 내밀었다. 『패딩턴발 4시 50분』. 영지는 얼떨결에 책을 받았다. 동우는 책에서 손을 떼지 않고 영지를 뚫어지게 쳐다보았다. 영지가 책을 잡아당기자 동우가 버티듯 손에 힘을 주었다. 책을 두고 둘 사이에 잠깐의 힘겨루기가 벌어졌다. 참다못한 영지가 동우를 흘겨보았고 그제야 동우가 두 손을 털며 물러섰다.

"왜 나를 모른 척하는 거야?"

영지는 서가를 빠져나가려 했지만 동우가 버티고 서서 비켜 주지 않았다.

"아까 보던 『스타일스 저택의 괴사건』은 이미 읽었잖아. 또 보는 거야?"

동우가 무표정하게 말했다.

"……."

"기억 안 나? 재밌는 책 추천해 달래서, 내가 매주 한 권씩 읽으라고 목록 뽑아 줬잖아."

영지는 입술만 자근자근 씹었다.

"이번 주는 탐정 에르퀼 푸아로*가 나오는 책일 텐데."

동우가 자기가 건넨 책 표지를 가리켰다. 영지가 이제야 기억났다는 듯 쓴웃음을 지었다.

"아…… 맞아. 내가 착각했어. 이번 주는 『패딩턴발 4시 50분』이었지."

동우는 한 걸음 물러서며 영지의 말을 받아쳤다.

"미안. 나야말로 착각했어. 『패딩턴발 4시 50분』에는 미스 마플**이 나오지. 푸아로가 아니라."

동우가 어깨를 으쓱하고는 돌아섰다. 서가를 빠져나와 자료실을 나서려는데, 느닷없이 고함 소리가 들렸다.

---

*영국의 추리소설가 애거사 크리스티가 탄생시킨 명탐정 캐릭터. 완벽한 정장 차림, 멋들어진 콧수염이 특징이다.

**애거사 크리스티가 만들어 낸 할머니 탐정. 안락의자에 앉아 인간 본성에 대한 통찰력으로 사건을 해결한다.

"김동우, 이 나쁜 자식!"

돌아보니 영지가 책을 든 채 동우를 노려보고 있었다.

"아무것도 모르면서 잘난 척하지 마."

동우가 영지 쪽으로 다가서며 말했다.

"진짜 잘난 척해 볼까? 서영지. 추리에는 세 가지 관점이 있어."

"무슨 헛소리야."

동우는 아랑곳하지 않고 말을 이었다.

"후더닛(whodunit), 하우더닛(howdunit), 와이더닛(whydunit)."

"비켜."

영지가 동우를 제치며 자료실을 나가려는데 갑자기 보안 센서가 울렸다. 사서가 데스크에서 고개를 내밀었다. 동우가 영지의 팔을 잡아 안쪽으로 끌어당겼다. 둘의 얼굴이 한 뼘밖에 떨어져 있지 않았다.

"후더닛, 누가 했는가. 하우더닛, 어떻게 했는가. 와이더닛, 왜 그랬는가."

무거운 침묵이 흘렀다.

마침내 동우가 입을 열었다.

"누구야, 너? 어떻게 된 거야? 도대체 왜 그래?"

탱탱볼과 도도마

다음 날, 리라가 향수문방구에 나타났다. 어제와 비슷한 옷차림에 여전히 히프 색을 하고 있었다.

"하나 골라."

영욱은 마주 앉은 리라 앞에 짜요짜요 두 개를 내려놓았다. 리라의 눈이 반짝 빛났다. 리라는 복숭아 맛을 집어 들었다. 영욱은 남은 딸기 맛을 집었다.

"어른들도 이런 거 먹어요?"

"그거 편견이야. 소비기한도 얼마 안 남았고."

리라가 뜨악한 표정을 지으며 절취선을 뜯던 손을 멈췄다.

"우리 엄마가 나 먹는 거 얼마나 신경 쓰는데요. 이거 보면 엄마 기절하겠다."

리라는 짜요짜요를 조금씩 빨아 먹었다. 둘 사이에는 유리가 덮인 낡은 원탁이 놓여 있었다. 유리 아래로 세계지도가 보였다.

영욱이 지도를 보며 무심하게 물었다.

"탄자니아. 위치는?"

리라가 잠시 지도를 들여다보더니 검지로 한 곳을 찍었다.

"탄자니아의 수도는?"

이번에 문제를 낸 사람은 리라였다.

"모르겠구나."

"도도마."

"도도마……. 리라처럼 부르기 쉽고 예쁜 이름이구나."

리라가 입술을 삐죽거렸다.

"어른들은 왜 그렇게 빈말을 잘해요?"

영욱은 다 먹은 짜요짜요를 테이블 위에 내려놓았다.

"다른 사람이 좋은 뜻으로 한 말을 삐딱하게 보는 건 바람직한 태도가 아니야."

리라의 눈이 한쪽으로 샐그러졌다.

"내가 전직 형사였던 건 어떻게 알았니? 이름도 그렇고."

"전직이 뭐예요?"

"지금은 아니라는 거야. 보다시피 난 문방구를 하잖니."

영욱이 보란 듯이 벽에 걸린 액자를 가리켰다. 향수, 두 글자를 십자수로 수놓은 오래된 액자였다. 리라는 몹시 실망한 눈치였다.

"범인 잡느라 몰래 숨어 있는 줄 알았어요. 스파이같이."

"잠복 말하는구나."

"뜨개방 할머니가 신 형사라고 부르는 걸 들었어요. 백계단에 앉아 있을 때요."

리라의 대답은 싱거웠다. 귀만 밝으면 쉽게 알아낼 수 있는 정보였다.

"아무튼, 난 이제 작은 문방구 주인일 뿐이야."

"그럼 할머니라고 부를까요?"

"싫어."

자신의 단호한 말투에 영욱은 민망해졌다.

"너도 꼬마라고 부르는 거 싫다고 했잖니."

리라가 손가락으로 원탁을 두드리며 잠시 고민에 빠졌다.

"그럼…… 그냥 도도마라고 부를게요."

리라의 즉흥적인 제안이 영욱은 썩 나쁘지 않았다. 리라만큼 예쁜 이름이라고까지 했으니 거절하기도 어려웠다.

"이제 공 이야기를 해 볼까. 네가 던졌다는 그 공 말이다."

"저는 백계단에 앉아 있었어요. 저기 꼭대기예요."

리라가 손가락으로 문방구의 열린 문 너머를 가리켰다.

백계단은 향수문방구 건너 초등학교의 폐쇄된 교문으로 이어지는 계단이다. 실제 계단 수는 서른다섯 개지만 엄청 많다는 뜻으로 백계단이라 불렸다.

"저 교문은 잠겨 있는 걸로 아는데."

"담장 아래 개구멍이 있어요."

리라는 열 살, 초등학교 3학년이다. 리라가 입학하던 이 년 전이면 이미 교문이 운동장 반대편으로 옮겨진 후였다. 아이들이 낡은 백계단에서 자꾸 넘어져 다치자 학부모 건의가 이어졌다. 때마침 학교 근처 아파트가 재개발에 들어갔다. 건설사에서는 아파트 진입로를 옮기면서, 교문을 안전한 곳에 새로 지어 주겠다고 제안했다. 마을 주민들과 학부모들, 학생들 모두 이 제안을 반겼다. 난감한 처지는 교문 상권을 잃은 향수맨숀의 미니슈퍼, 꽈배기 가게, 문방구뿐이었다. 미니슈퍼는 그나마 나았다. 꽈배기 가게도 아쉽게 되었지만 타격을 입을 정도는 아니었다. '반드시 학교 정문 앞에!' 공식이 깨진 곳은 문방구뿐이었다. 공식이 깨지면 답이 안 나온다.

"백계단에 있으면 다 잘 보여요. 길도 잘 보이고 사람들도 잘 보여요."

"잘 보여서 좋겠구나."

영욱은 진심을 담아 말했다.

리라는 히프 색에서 작은 스프링 노트를 꺼냈다. 목에 파란 방울을 단 고양이가 그려진 작은 스프링 노트였다. 스프링에 연필이 끼워져 있었다. 영욱은 작년까지 썼던 형사 수첩을 떠올렸다.

"휴대폰에도 메모 기능이 있을 텐데."

"휴대폰 별로 안 좋아해요. 그리고 중요한 건 반드시 종이에 적어 놓아야 해요."

리라의 말에 영욱은 내심 놀랐다. 평소 자신의 생각과 같았기 때문이었다.

"세 시에서 네 시 사이, 사 일 동안 세어 봤어요. 문방구에 몇 명이나 오는지."

"특이한 취미구나."

"영어 학원 차 기다리는 동안 심심해서 세어 봤을 뿐이에요. 문방구에 온 손님은 여섯 명뿐이었어요. 한 명, 두 명, 두 명, 한 명."

"저런."

영욱은 남 얘기인 양 따한 표정을 지었다.

"그런데도 형사님, 아니 도도마는 문방구 앞 캠핑 의자에 앉아 책만 읽었어요. 어떤 언니가 몰래 스티커 훔치는 것도 모르고요."

리라가 노트를 내밀었다. 용의자의 인상착의가 서툰 솜씨로 그려져 있었다.

"눈썰미가 대단한데."

리라는 심각한 표정으로 말을 이었다.

"중학생 언니였어요. 체크무늬 교복이에요. 그 언니는 도도마가 책을 보는 동안 이것저것 구경하는 척했어요. 그러더니 젤리펜이랑 스티커를 집어 들고 도도마 눈치를 살피더니 스티커는 주머니에 집어넣고 젤리펜만 계산하더라고요."

자리에서 일어난 리라가 입구 쪽 진열대로 가더니 펜 하나를 골라냈다.

"바로, 이 초록색 젤리펜이었어요."

"그게 다 보였단 말이니? 펜 색깔까지?"

"저 눈 엄청 좋아요. 멀리 있는 작은 글씨도 다 보여요."

리라가 반대편 진열장의 과자 이름들을 읽기 시작했다. 영욱은 알았다는 뜻으로 손을 들어 보였다.

"저는 보고만 있으면 안 된다고 생각했어요. 그건 옳지 않은 일이니까요. 그래서 결심했죠."

리라가 영욱의 옆으로 다가와 섰다. 리라의 선키는 영욱의 앉은키와 비슷했다. 영욱은 눈을 깜박였다. 눈동자 위로 날파리 몇 마리가 어지럽게 지나갔다. 리라의 맑은 눈동자가 부러웠다. 눈을 감았다 뜨니 리라가 영욱의 코앞에 무언가를 내밀고 있었다. 너무 가까워서 오히려 흐릿했다.

작은 공이었다.

"공을 던지기로요. 공을 던져서 도도마에게 신호를 보내기로요."

영욱은 리라의 손바닥에서 공을 집어 들었다.

"아하, 이게 네가 말한 '어제 던진 공'이구나."

"아뇨. 말씀드렸잖아요. 어제 던진 공은 잃어버렸다고요. 이건 흰색이지만 어제 던진 공은 무지개색이에요. 빛을 받으면 알록달록 반짝여요."

"나는 이런 공을 본 적이 없는데. 공이 여기로 들어온 게 맞니?"

리라가 얼굴을 찡그리며 투덜거렸다.

"이게 다 그 돼지코들 때문이에요."

"돼지코?"

"한일태권도, 노란 차요. 문방구로 잘 튕겨 가고 있었는데 태권도 차가 지나가는 바람에 공을 놓쳤다고요."

"공이 문방구로 들어오는 걸 확실히 보지는 못한 거구나."

"네."

리라가 꺾인 목소리로 대답했다.

"아끼는 공이니?"

"제일 좋아하는 공이에요. 다시 찾고 싶어요."

"그렇다면 꼭 찾아야지. 언제든 여기 와서 찾거라."

"스티커 도둑은요? 제가 보면 알 수 있어요."

"아니."

영욱은 딱 잘라 말했다.

"그 일은 전직 형사에게 맡겨 주겠니?"

영욱이 검지를 세워 입술에 갖다 대자 리라가 마지못해 고개를 끄덕였다. 영욱은 손에 든 공을 바닥을 향해 툭 던졌다. 작은 공이 높이 튀어 올랐다. 공은 몇 번을 더 튀어 오르다가 리라의 손에 잡혔다. 이 정도 탄성이라면 백계단에서 길 건너 문방구까지 충분히 올 수도 있겠다는 생각이 들었다.

리라가 탱탱볼을 다시 바닥으로 힘차게 튕겼다. 그러나 탱탱볼은 곧 누군가의 손에 잡히고 말았다. 문방구 안으로 길고 마른 그림자가 들어와 있었다. 그림자 주인이 탱탱볼을 허공으로 휙 던졌다 다시 받았다. 리라가 쫓아가 손바닥을 내밀었다. 그림자 주인은 짓궂게 한 번 더 공을 던지고 받은 후에야 리라에게 돌려 주었다. 그러고는 리라를 지나쳐 문방구 안으로 쑥 들어왔다. 키는 껑충했지만 작고 말간 얼굴에는 아직 소년티가 남아 있었다.

영욱은 의자 등받이에 몸을 기대며 그림자를 올려다보았다. 그림자는 삼 년 전과 똑같이 무덤덤한 목소리로 영욱에게 인사를 건넸다.

"오랜만이에요. 미스 마플."

맥도날드의 미스 마플

영욱은 맥도날드 이 층 창가에 앉아 있다. 맞은편 학원가는 학원 차량과 들고 나는 학생들로 북새통이다. 맥도날드 안에도 학생들이 삼삼오오 모여 있었다.

"웃는 거 들키셨어요."

동우가 트레이를 테이블에 올려놓으며 유리창을 가리켰다. 창에 비친 영욱이 보였다. 트레이에는 빅맥 세트 두 개가 놓여 있었다.

"형사님 음료는 바닐라셰이크로 바꿨어요."

"커피 아니고?"

"오후에 마시는 커피는 몸에 안 좋아요. 수면을 방해하거든요."

어이없어하는 영욱을 개의치 않고 동우는 제 몫의 햄버거를 집어 들었다.

"잘 먹겠습니다."

동우가 햄버거를 크게 한 입 베어 물었다.

"공부는 안 하고 키만 큰 거니? 백팔십은 충분히 넘겠어."

"공부한 만큼 큰 거죠. 백팔십삼이에요."

"말로는 안 지는 걸 보니 김동우가 맞구나."

영욱은 빅맥을 먹는 동우의 옆모습을 바라보며 삼 년 전, 동우를 처음 만났을 때를 떠올렸다. 부모의 출장으로 빈집에 열네 살 남자애 넷이 모였다. 아이들은 호기심에 양주를 마셨고, 만취하여 집에 있던 스노볼로 심한 장난을 쳤다. 결국 겁에 질린 한 아이가 신고를 했고, 경찰이 출동했다. 여성청소년계에 있던 영욱이 아이들을 맡았다. 넷 중 한 아이가 동우였다.

"필립 말로*를 상상했는데, 미스 마플이네요."

영욱은 동우가 처음 건넸던 말이 아직도 기억에 생생했다.

"잘 지냈니?"

"좋은 머리 낭비하지 말래서 공부하는 데만 쓰고 있어요. 형사님 말씀대로."

"기특하구나."

동우는 어깨를 으쓱였다.

"추리소설에서는 말이다. 세월이 흘러 용의자가 형사를 찾아올

---

*미국의 추리소설가 레이먼드 챈들러가 탄생시킨 탐정 캐릭터. 큰 키에 단단한 체구, 거칠지만 의리 있는 모습으로 그려진다.

때는 보통 보복을 목적으로 하지 않니?"

"걱정 마세요. 그런 건 아니니까요."

"다행이구나."

"형사는 왜 그만두셨어요?"

"그건 어떻게 알았니?"

"식은 죽 먹기죠."

동우가 키보드 두드리는 시늉을 했다. 영욱은 바닐라셰이크를 한 모금 마셨다.

"심심해서 놀러 온 건 아닐 테고. 용건을 말해."

"미스 마플의 도움이 필요해요."

"베이커가 221번지*로 가 봐. 거기가 더 잘해."

"홈즈는 안 돼요. 관종이라서. 저는 안락의자 탐정, 미스 마플을 원해요."

"나는 이제 문방구 주인일 뿐이야."

빅맥 포장지를 벗기며 영욱이 말했다.

"저 말이에요, 예전에는 되고 싶은 게 없었어요. 공부만 잘하면 그만이라고 생각했어요."

영욱이 동우를 바라보았다. 동우가 수줍게 말을 이었다.

---

*추리소설의 고전, '셜록 홈즈' 시리즈의 주인공 셜록 홈즈가 사는 집 주소이다. 의뢰인들이 이 집으로 찾아온다.

"저도 나중에 미스 마플 같은 사람이 되고 싶어요."

"문방구 주인?"

영욱의 농담에 동우가 허탈한 표정을 지었다.

"프로파일링 전문 형사요."

영욱이 제 몫의 감자튀김을 동우 앞으로 밀어 주었다.

"네 꿈엔 체력도 필요하겠구나."

감자튀김을 손에 든 채 뜸을 들이던 동우가 입을 열었다.

"미스 마플……."

영욱은 말없이 동우를 기다려 주었다.

"왜 그랬는지 궁금한 일이, 제게도 생겼어요……. 마음이 쓰이는 아이가 있어요. 도움이 되고 싶어요."

동우의 뺨이 붉어졌다. 영욱은 시선을 돌리며 바닐라셰이크를 마셨다. 달콤한 맛이 입안을 가득 채웠다.

흔들리는 노란 스마일리

영욱은 핸들을 어닝의 한쪽 고리에 걸고는 빙글빙글 돌렸다. 노란색 어닝이 펴지며 그늘을 만들었다. 빛이 들이치면 종이 문구류의 색이 쉽게 바래기 때문에 해가 드는 정도를 잘 살펴야 했다.

영욱은 셔츠의 소매를 걸어 올리며 백계단을 살폈다. 리라는 보이지 않았다. 영욱은 캠핑 의자를 어닝 아래 놓고 앉아 책을 펼쳤다. 몇 장 넘겼을 때 한일테권도의 노란 서틀버스가 지나갔다. 영욱과 눈이 마주친 아이들이 돼지코를 만들어 보였다. 장난도 몇 번 하면 시들해질 법한데, 아이들은 매번 재밌나 보았다. 다시 책으로 시선을 돌리려는데 그 아이가 보였다. 리라가 말했던 중학생 언니였다. 자줏빛 재킷에 체크무늬 바지 교복 차림이었다. 얼굴은 핏기 없이 창백했다.

아이가 영욱을 지나쳐 문방구 안으로 들어갔다. 영욱은 책에서 눈을 떼지 않았다. 영욱에게 등을 보이고 선 아이는 펜과 샤프, 지우개를 만지작거리며 한참 구경하더니 보라색 젤리펜을 손에 들고 돌아섰다.

"얼마예요?"

밖으로 나온 아이가 영욱에게 젤리펜을 내보였다. 영욱은 책장의 귀퉁이를 접어 무릎에 내려놓았다.

"천오백 원."

아이는 지갑을 꺼내다 실수로 가방을 떨어뜨렸다. 가방에서 검은 비닐봉지가 튀어나왔다. 영욱이 일어나서 가방을 주워 주었다. 그때였다.

통, 통, 통.

보라색 탱탱볼이 영욱과 아이 사이를 지나쳐 문방구 안으로 튕겨 들어갔다.

탁, 탁, 탁.

백계단을 달려 내려오는 리라가 보였다. 영욱은 책을 의자에 놓고 일어섰다. 제지하려는 영욱보다 리라의 움직임이 더 빨랐다. 리라가 아이를 가리켰다.

"이 언니예요!"

"리라."

영욱이 낮고 은근한 목소리로 말했다.

"이 언니가 뭐 하는지 제가 다 봤어요."

아이는 젤리펜과 가방을 움켜쥔 채 꼼짝하지 않았다.

"주머니에 지우개가 들어 있을 거예요. 훔친 지우개요."

"그런 말 함부로 하는 거 아니야."

리라가 문방구로 들어가 바닥에 엎드리더니 여기저기 살피기 시작했다. 영욱과 아이는 그런 리라를 물끄러미 바라보았다. 한참 만에 밖으로 나온 리라의 손에 보라색 탱탱볼이 올려져 있었다.

"제가 두 눈으로 똑똑히 봤어요."

"나도 있었잖니."

"도도마는 책만 보고 있었잖아요. 쉬워요. 주머니 안을 확인해 보면 돼요."

리라의 손이 아이의 교복 주머니 쪽으로 나갔다. 이번엔 영욱이 빨랐다. 영욱이 리라 앞을 막아섰다.

"여기까지."

리라가 눈을 동그랗게 떴다.

"상대방의 허락 없이 함부로 몸을 만지거나 옷을 뒤지면 안 돼."

"주머니에 훔친 지우개가 들어 있다니까요."

"그렇더라도 마찬가지야."

"그럼 지우개는 어떻게 해요?"

"정 그러면 경찰을 부르면 돼."

경찰이라는 말에 아이가 움찔했다. 리라도 거기까지는 생각하지 못했는지 주춤했다.

"리라. 오늘은 어제 던진 공 안 찾니?"

영욱이 리라의 손에 들린 탱탱볼을 턱짓으로 가리켰다. 리라는 아이를 노려보더니 문방구 안으로 들어가 버렸다. 리라의 뒷모습에서 골난 표정이 충분히 읽혔다.

영욱은 자기도 모르게 끼었던 팔짱을 풀었다. 내쉬는 숨이 한숨이 되지 않도록 주의했다. 아이들은 어른의 팔짱과 한숨에도 쉽게 두려움을 느낀다.

"햄버거 좋아하니?"

"……."

"내일 네 시에 큰길 맥도날드 어때?"

영문을 몰라 주저하던 아이가 물었다.

"왜요?"

"혼자 먹기 싫어서."

"……."

"바쁘니?"

아이는 대답 대신 고개를 가로저었다. 영욱은 메모지에 자기 휴대폰 번호를 적어 건넸다.

"그럼 내일 보자."

영욱이 의자에 앉으며 다시 책을 집어 드는데 아이의 눈이 반짝 빛났다. 영욱은 책 표지를 아이에게 보여 주었다.

"『여자에게 어울리지 않는 직업』. 추리소설이야. 코델리아라는 용감한 탐정이 맨손으로 막 우물을 빠져나온 참이야."

꾸벅 고개를 숙여 보이고 아이는 돌아섰다. 가방에 달린 노란 스마일리 키링이 걸음을 옮길 때마다 좌우로 흔들렸다.

'저 아이도 크느라 흔들리는 거겠지.'

영욱은 흔들리는 아이의 뒷모습이 보이지 않을 때까지 지켜보았다.

아이는 오지 않았다. 약속 시간에서 삼십 분이 지나 있었다. 영욱은 맥도날드 이 층 창가에 앉아 아래층 입구를 내려다보았다. 주머니에서 휴대폰 진동이 울렸다. 낯선 번호였다.

"여보세요."

"반하나 할머니 되십니까?"

"누구시죠?"

"여기 2동 지구대입니다. 반하나 학생 할머니 아니십니까?"

영욱은 반하나의 할머니가 아니었다.

"무슨 일입니까?"

아니라는 말이 나오지 않았다.

"지금 지구대로 오셔야겠습니다."

"아이가 거기에 있습니까?"

"네. 학교 앞 문구점에서 물건을 훔쳤습니다."

영욱은 알겠다고 말한 후 전화를 끊었다. 미간을 짚고 눈을 감았다. 눈앞으로 부서진 별 조각들이 흩어졌다. 아이의 창백한 얼굴과 보라색 탱탱볼이 머릿속을 어지럽혔다.

지구대의 문을 열고 들어서자 모여 선 여학생 셋이 보였다. 하나 또래였다. 똑 떨어지는 단발머리 여학생을 사이에 두고 은색 실반지를 낀 여학생과 둥근 테 안경을 쓴 여학생이 붙어 서 있었다. 하나는 안쪽 소파에 혼자 앉아 있었다. 경찰은 문구점 주인으로 보이는 사람과 얘기 중이었다.

"반하나 할머니?"

경찰이 물었다. 문구점 주인이 의심쩍은 시선으로 영욱을 훑었다.

"네. 아마도."

"진짜 할머니 맞아요? 그렇게는 안 보이는데."

문구점 주인이 의미 없이 혀를 찼다.

"이분 문구점에서 요즘 자꾸 물건이 없어졌다고 합니다. 그런데 여기 학생들이 손주가 물건에 손대는 걸 본 적 있다네요."

경찰이 학생들 쪽을 바라보자 셋이 동시에 고개를 끄덕였다. 경찰이 말을 이었다.

"마침 오늘 문구점에 왔길래 눈여겨보는데 이것저것 들었다 놓으며 한참을 뜸 들이다가 포스트잇 하나를 계산했대요. 애를 붙잡고 교복 주머니에 뭐가 들었는지 좀 보여 달라고 하니까 싫다면서 강하게 거부하더랍니다."

문구점 주인이 경찰의 말을 잡아챘다.

"그러니 더 의심이 가잖아요. 내 눈으로 직접 확인해야겠다고 팔을 잡았더니 애가 정색하면서 '허락 없이 제 몸에 손대지 마세욧!' 이러니까 어이가 있겠어요, 없겠어요?"

"당연히 허락 없이 남의 몸을 만지면 안 됩니다."

영욱이 단호하게 말했다. 문구점 주인이 팔짱을 끼며 한숨을 쉬었다.

"이제 보니 할머니가 애를 그리 가르쳤구먼."

"교복 주머니에서 뭐라도 나왔습니까?"

영욱은 문구점 주인의 말에는 대꾸도 않고 경찰에게 물었다.

"아뇨. 주머니에는 아무것도 없었어요. 휴대폰 번호가 적힌 메모지가 하나 있길래 물었더니 할머니 번호라고 해서 전화 드린 겁니다. 어차피 학생을 데려가려면 보호자는 오셔야 하니까요."

"혐의 없으니 이만 가도 될까요?"

"그러세요."

경찰의 선선한 대답에 문구점 주인이 미간을 찌푸렸다.

영욱은 하나가 앉은 소파 앞으로 가 섰다.

"손주, 가자."

하나가 가방을 들며 일어났다.

"내가 너 두고 볼 거야."

영욱과 하나의 등 뒤로 문구점 주인의 말이 화살처럼 날아왔다. 영욱은 문구점 주인에게 다시 돌아갔다.

"지금 협박하시는 겁니까? 협박도 처벌받습니다."

문구점 주인이 벙한 얼굴로 영욱을 보았다. 영욱은 하나를 데리고 지구대를 나왔다. 뒤에서 학생들이 웅성거리는 소리가 들렸다.

"섭섭하구나. 할머니라니."

하나가 입술을 말아 물었다.

"햄버거는 네가 사. 자식도 없는 나를 졸지에 할머니로 만든 벌이야."

영욱은 하나의 대답을 기다리지 않고 앞서 걸었다.

"저기, 죄송……."

"사과 너무 쉽게 하지 마라."

영욱은 식은 커피를 한 모금 마셨다.

"사과가 쉬우면 행동은 더 쉬워져. 그리고 할머니 코스프레는 이제 사양하마."

사실 하나가 죄송하다고 말하면 영욱도 사과를 해야 했다. 지구대의 전화를 받았을 때, 영욱은 하나가 물건을 훔쳤다고 생각했기 때문이었다.

테이블에는 뜯지 않은 빅맥 두 개가 놓여 있었다.

"그 애, 공 던진 애 말이 맞아요. 제가 스티커랑 지우개 훔쳤어요."

"알아."

하나가 고개를 들어 영욱을 보았다.

"그런데 왜 그냥 보내셨어요?"

"내가 언제? 오늘 만나기로 했잖니."

"대답 안 했는데요."

"확신이 있었어. 나올 거라는."

오랜 형사 생활에서 훈련된 감이었다.

"물어볼 게 있다. 너 지금 생리 중이니?"

영욱의 돌연한 질문에 하나의 눈이 휘둥그레졌다.

"어떻게 아세요?"

"문방구에서 네 가방 주워 주다가 생리대 봤어. 초경한 지 몇

달 안 되었을 거야. 지금은 너도 네가 왜 자꾸 물건에 손을 대는지, 무엇 때문에 그러는지 모를 테지."

"정말 모르겠어요. 제 안에 제가 아닌 다른 사람이 있는 거 같아요."

영욱은 솜털이 보송한 하나의 뺨을 바라보았다.

"네가 문방구에 처음 나타난 건 지난달이었어. 내가 문방구를 막 시작했을 때였지. 처음 샤프심을 훔쳤을 때는 그러려니 했어. 크면서 그런 짓 한두 번은 할 수 있으니까. 다음 날에는 형광펜, 그다음 날에는 연필을 훔치길래 한 번 더 그러면 앉혀 놓고 타일러야겠다고 마음먹었지. 그런데 다음 날부터는 안 오더구나. 잊고 지냈는데 네가 한 달 만에 다시 나타난 거야."

하나는 고개를 숙인 채 말이 없었다.

"이번엔 지우개, 스티커를 훔쳤지. 기껏해야 일이천 원짜리 자잘한 것들만 훔치는 너의 행동, 네가 가방을 열 때마다 보이던 검은 봉지. 더는 안 되겠다 싶어 말하려던 그날, 하필이면 눈 밝은 리라한테 먼저 걸린 거지."

잠자코 듣던 하나가 가방에서 곰돌이 파우치를 꺼내 영욱 앞에 내려놓았다. 파우치 안에는 샤프심, 형광펜, 연필, 지우개, 스티커가 들어 있었다.

"쓰진 않았어요."

"알아. PMS가 원래 그래."

"PM……S요?"

"생리 전 증후군. 생리 전에 반복적으로 나타나는 증상을 말하는데 배나 머리가 아픈 사람도 있고 우울하거나 짜증이 심해지는 사람도 있어. 폭식을 하거나 단것을 찾는 경우는 아주 흔하고. 도벽도 그 증상 중 하나야."

가만히 듣고 있던 하나의 눈에 눈물이 그렁그렁 맺혔다.

"생각보다 흔한 일이란다. 털어놓고 도움을 받을 만한 어른이 있니?"

영욱은 하나를 다짜고짜 탓하지 않았다. 엄마 아빠한테 말하라고도 하지 않았다. 하나의 마음 한 귀퉁이가 바다를 만난 모래성처럼 스르르 허물어졌다.

"엄마는…… 돌아가셨어요. 작년에."

하나의 무릎으로 눈물 한 방울이 뚝 떨어졌다.

"그래, 그랬구나."

"아빠한테는 절대 말 못 해요."

영욱은 창밖으로 시선을 돌렸다. 눈앞으로 거미줄이 둥둥 떠다녔다. 눈을 질끈 감았다 떠도 사라지지 않았다. 영욱은 두 눈을 감고 검지로 양쪽 눈두덩이를 지그시 눌렀다 뗐다.

"손주."

하나가 울먹거리며 영욱을 보았다.

"우리 이렇게 해 보자. 너도 좋고 나도 좋은 방법으로."

하나는 손등으로 눈물을 닦고 고개를 끄덕였다.

고릴라는 생각하지 마

통, 통, 통.

문방구 안으로 튀어 들어온 탱탱볼이 원탁 밑으로 굴러갔다. 하나가 책을 읽다 말고 고개를 기울여 발밑을 살폈다. 그때 누군 가 힘차게 뛰어 들어와 탱탱볼을 집어 들었다. 리라였다.

"여기 왜 있어?"

"오늘부터 문방구에서 알바하기로 했어. 학교 마치고 한 시간 씩."

"뭐?"

리라가 어이없다는 듯 물었다.

"청소도 하고 문방구도 지키고 손님 오면 물건도 팔고."

"완전 꿀알바잖아."

"네 덕분이야. 고마워."

말의 속뜻을 이해하지 못한 리라가 의심 가득한 눈으로 하나를 쳐다보았다.

"탱탱볼, 나도 만져 보면 안 돼?"

하나가 손을 내밀었다. 리라는 콧방귀를 뀌며 탱탱볼을 히프 색에 냉큼 넣어 버렸다. 그러고는 퉁명스럽게 물었다.

"도도마는?"

"도도마가 누군데?"

"신영욱 전직 형사님 말이야. 문방구 사장님."

"형사? 아, 어쩐지……. 근데 왜 도도마라고 불러?"

"알 필요 없어. 그건 나와 도도마만의 비밀이야."

리라는 내심 뿌듯한 마음이 들었다. 세상에 딱 둘만 아는 비밀이 있다는 게 좋았다. 리라는 계산대 옆에 놓인 삼십 센티미터 자를 집어 들었다. 바닥에 무릎을 꿇고 진열대 밑을 살피기 시작했다.

"뭐 해?"

"언니 때문에 잃어버린 내 탱탱볼 찾는 중."

"같이 찾아 줄게."

하나가 몸을 일으키려는데 리라가 손을 들어 막았다.

"거절할게."

리라는 아예 바닥에 귀를 대고 엎드렸다. 여전히 튀고 있을 탱탱볼 소리를 듣는 것처럼. 하나가 읽던 책을 다시 펴 드는데 원탁 위로 길게 그림자가 졌다.

"어, 오늘은 둘이네."

동우의 말에 리라가 일어서서 자를 손바닥에 탁탁 내리쳤다.

"안녕, 탱탱볼. 미스 마플은?"

하나가 이번에는 눈치 빠르게 알아들었다.

"은행 가셨는데……."

안으로 들어온 동우가 하나의 손에 들린 책을 보았다.

"뤼팽 시리즈네. 넌 뭐가 제일 재밌어?"

"『수정마개』. 인간적이잖아."

동우가 손가락으로 왼쪽 눈 밑을 두드렸다. 하나가 피식 웃으며 고개를 끄덕였다. 악당 도브레크가 숨겨 둔 수정마개의 위치를 동우가 표현한 것이었다. 영문을 모르는 리라가 둘을 아니꼽게 쳐다보았다.

"너는 엉덩이 탐정 좋아하겠는데."

"엉탐은 저학년 대상이야."

동우의 말에 리라가 새침하게 대답했다.

"너도 저학년 아니야?"

하나가 끼어들었다.

"1, 2학년이 저학년이지. 난 3학년이야."

"2학년이나 3학년이나 그게 그거지."

동우가 씩 웃었다. 리라는 동우를 한참 쏘아보더니 물었다.

"근데, 미스 와플이 누구야?"

리라의 말에 동우와 하나가 동시에 웃음을 터뜨렸다.

"와플이 아니고 마플이야. 미스 마플."

하나가 대답했다. 동우가 이어 말했다.

"미스 마플은 애거사 크리스티의 추리소설에 나오는 할머니 탐정이야."

"할머니라고 부르면 안 돼."

리라가 발끈했다.

"소설 속 미스 마플이 그렇다는 거야. 미스 마플은 영국 시골 마을의 작은 집에 살아. 안락의자에 앉아 뜨개질하면서 사건을 해결하는데 앉은자리에서 모든 걸 꿰뚫어 보지. 형사님하고 좀 닮지 않았어?"

동우의 말에 리라와 하나가 고개를 끄덕였다.

"도서관에 가면 『열세 가지 수수께끼』를 찾아봐. 미스 마플이 나오는 단편집이야. 그 책이 없으면 『화요일 클럽의 살인』을 찾아보고. 제목만 다르지 내용은 같아. 출판사 차이일 뿐이니까."

하나가 주머니에서 휴대폰을 꺼내더니 메모장에 재빠르게 입력했다.

그사이 영욱이 돌아왔다. 영욱은 리라를 보며 물었다.

"탱탱볼은 찾았니?"

리라가 고개를 저었다. 영욱이 겉옷과 가방을 의자에 걸쳐 놓고는 다시 밖으로 나가며 말했다.

"깊숙이 숨었나 보구나. 핫도그 먹을 사람?"

리라와 하나, 동우가 줄을 지어 영욱의 뒤를 따랐다. 문방구 옆 꽈배기 가게로 간 영욱이 핫도그 세 개와 꽈배기 한 개를 주문했다. 향수꽈배기는 도넛과 꽈배기 전문이지만 핫도그도 인기 메뉴였다. 주인아저씨가 꽈배기에 설탕을 듬뿍 묻혀 종이봉투에 담아 주었다. 갓 튀겨 낸 핫도그 세 개는 채반 위에 올려놓았다.

"설탕 반쪽만요."

"설탕이랑 케첩이요."

"케첩이랑 머스터드 십일 자로요."

동우, 리라, 하나는 핫도그를 하나씩 손에 들고 새끼 오리들처럼 영욱을 따라 길을 건넜다. 넷은 백계단에 적당한 간격으로 떨어져 앉아 말없이 꽈배기와 핫도그를 먹었다. 한일태권도의 셔틀버스가 지나갔다. 늘 그렇듯 돼지코를 만드는 유치부 애들을 보고 리라가 씩씩거리자 하나와 동우가 킥킥 웃었다.

"여기 있으니 하루가 느리게 가는 거 같아요."

하나가 입가의 설탕을 엄지로 걷어 내며 말했다.

"저쪽 교문 앞엔 애들 많겠지?"

리라가 핫도그를 든 손으로 계단 너머를 가리켰다.

"너희들 그거 아니?"

영욱이 빈 봉투를 동우에게 건넸다. 동우는 다 먹은 핫도그의 나무막대를 봉투에 넣어 하나에게 넘겼다. 하나와 리라의 핫도그는 아직 반 넘게 남아 있었다.

"보름달이 뜬 밤에 말이다. 숨을 참은 채로 백계단 밑에서 꼭대기까지 한 번에 뛰어오르면 소원이 이루어진다더구나."

"미스 마플. 얘들은 몰라도 저한테는 안 통해요."

동우가 팔다리를 쭉 펴며 기지개를 켰다.

"왜? 간절히 기도하면 또 모르잖아."

하나가 말했다. 동우가 학교를 가리키며 대답했다.

"학교 전설 같은 거지. 지어낸 이야기일 뿐이야."

리라가 자리에서 일어나더니 한달음에 계단을 올랐다.

"믿기로 결심하면 소원을 이룰 수 있어. 사람들이 왜 보름달에 소원을 비는 줄 알아? 그건 달이 노력해서 보름달이 되는 걸 보았기 때문이야. 보름달이 세상을 환하게 비춰. 세상이 환하면 기분이 좋아져. 기분이 좋으니 모든 게 신나고, 신나니까 열심히 하고, 열심히 하니까 소원이 이루어지는 거야."

"리라의 말이 아주 명쾌하구나."

영욱이 가볍게 박수를 쳤다.

"너 이름이 리라야?"

동우가 한쪽 눈썹을 씰룩이며 묻고는 웃음기 가득한 얼굴로 말했다.

"고릴라는 생각하지 말자."

"유치 뿡짝. 이기리라의 리라거든."

리라가 두 손을 허리에 척 걸치고는 쏘아붙였다. 그러고는 하던 말을 계속했다.

"사람들은 왜 쉬운 것도 어렵게 생각하는지 모르겠어요. 쉬운 건 그냥 쉬운 건데 왜 쉬운 걸까를 계속 생각하니 어려워지는 거잖아요. 그냥 믿으면 되는데, 왜 믿어야 하냐고 물으면 믿어야 믿는 대로 된다고 말할 수밖에요."

리라의 똑 부러지는 말에 하나가 엄지를 척 들어 보였다.

"전직 형사였으니까, 방금 드신 꽈배기가 어느 쪽으로 몇 번 꼬였는지 아시죠?"

리라가 '전직'이란 말에 힘을 주었다. 영욱은 고개를 저었다.

"꽈배기가 범인은 아니잖니."

"왼쪽으로 딱 세 번 꼬았어요. 향수꽈배기 아저씨는 꽈배기를 만들 때마다 정확히 세 번 꼬아요."

"왜?"

그 이유가 정말 궁금해진 하나가 물었다.

"내가 좀 전에 쉽게 생각하라고 했을 텐데."

"설마 난센스 퀴즈는 아니지?"

하나가 다시 물었다.

"세 번 꼬았을 때가 기름에 닿는 면적이 알맞아 가장 맛있게 튀겨지겠지."

동우가 말했다.

"맛은 있었지."

영욱이 거들듯 말을 보탰다.

"나는 직접 꽈배기 아저씨에게 확인하기로 했어. 아저씨가 반죽할 때를 기다렸다가 하나 사 먹으며 물어봤어. 아저씨는 친절하게 직접 보여 줬어."

리라는 자신만만한 얼굴로 세 사람을 쓱 바라보았다.

"두 번 꼬았을 땐 풀렸고, 네 번 꼬았을 땐 끊어졌어."

하나와 동우가 김빠진 표정이 되어 외쳤다.

"너무 시시하잖아!"

"시시한데도 못 맞혔잖아."

동우가 일어나서 하늘을 보았다. 낮달이 떠 있었다.

리라가 따라 일어서며 말했다.

"초승달이다."

"잘 아네. 나는 초승달이랑 그믐달이랑 헷갈리던데."

하나가 손차양을 하며 하늘을 올려다보았다.

"내가 우주를 좋아하거든. 우리 집에 천체 망원경도 있어. 매일 보면 저절로 알게 돼."

리라가 뿌듯한 얼굴로 답했다.

"에이, 보름달이 아니라서 오늘은 안 되겠다."

동우가 툭 던지듯 말했다.

"오빠도 고민 있어?"

하나가 돌아보며 물었다.

"세상에 근심 없는 사람이 있을까."

영욱이 대신 대답하며 자리에서 일어났다. 하나도 자리를 털고 일어섰다. 넷은 나란히 서서 한곳을 바라보았다.

광나무 가지 끝에 초승달이 걸려 있었다. 보름달이 뜨려면 더 기다려야 했다.

원탁의 추리

5교시 수학 시간. 칠판에는 선생님의 방정식 풀이가 빼곡했다. 수학은 동우가 좋아하는 과목이지만 EBS 인강과 자습만으로는 따라가기 쉽지 않았다. 수업 시간에 집중해야 했다. 그런데 칠판을 향하던 시선이 자꾸 중간에서 툭 끊겼다. 두 줄 앞 대각선 자리. 동그란 뒤통수에 짙은 갈색의 단발머리. 영지였다.

동우는 서영지와 중학교 동창이었다. 서영지는 중학교 3학년 1학기에 동우네 반으로 전학을 왔다. 둘은 같은 고등학교로 진학하면서 다시 한 반이 되었다. 동우는 고등학생 서영지가 이상했다. 영지의 아주 사소한 행동들 때문이었다. 고등학교 첫 수업 시간, 영지는 새 교과서를 펼쳐 가운데를 꾹꾹 눌렀다. 항상 머리를 귀 뒤로 넘겼다. 책상에 팔꿈치를 얹고는 턱을 괴었다. 모두 중학생 서영지는 하지 않던 행동들이었다. 결정적 의구심이 생긴 건 도서관에서였다. 영지가 분명 동우를 보고도 알은체하지 않았던

것이다. 겨울방학 때까지만 해도 도서관에서 애거사 크리스티의
책을 함께 읽었는데 말이다.

"서영지가 아닌 거 같아요."

영욱은 컵을 들어 입으로 가져갔다. 둥굴레차는 마시기 알맞
게 식어 있었다. 원탁을 사이에 두고 앉은 동우는 골똘한 표정
이었다.

"관찰력 좋은 줄은 알았다만 상상력도 꽤 풍부하구나."

"미스 마플. 이건 상상이 아녜요."

"사람이 늘 같을 수 있니. 사람은 누구나 변해."

"저도 알아요. 그러니까 지금 제 말은……."

동우가 잠시 숨을 고르더니 결심한 듯 입을 열었다.

"서현지예요. 책 가운데를 꾹꾹 누르고, 머리를 넘기고, 턱을
괴는 애는."

"서현지?"

"서영지의 쌍둥이 자매요. 둘은 일란성 쌍둥이예요."

영욱이 고개를 끄덕였다.

"일란성이면 많이 닮았겠구나."

"닮은 정도가 아니라 완전히 똑같아요. 얼굴, 키, 스타일, 말투
등등 모두요. 아무리 쌍둥이라도 자꾸 보면 구별이 되잖아요. 그

런데 둘은 그게 안 됐어요. 만우절에 이름표를 바꿔 달았는데도 선생님과 애들 모두 알아채지 못했다면 말 다했죠. 물론 저는 빼고요."

영욱은 고개를 끄덕였다.

"그런데 왜 너는 서영지를 서현지로 의심하는 거지?"

"저는 중3 때 서영지, 서현지랑 같은 반이었어요. 지금은 서영지랑 같은 반이고요. 고등학교 와서도 영지와 한 반이 된 애는 저뿐이에요."

"현지는 다른 고등학교에 갔니?"

"아뇨……."

동우답지 않게 말끝을 흐렸다. 순식간에 표정도 어두워졌다.

"죽었어요. 지난겨울에."

"아……."

"둘이 학원 겨울방학 캠프에 갔었대요. 어느 호숫가에서 열리는."

동우가 손가락으로 원탁 위에 원을 그렸다.

"단체 사진을 찍기 위해 얼어붙은 호수 위로 모였을 때, 갑자기 얼음이 깨졌어요. 애들은 순식간에 물속으로 쓸려 들어갔고요."

영욱은 의자 등받이에 기댔던 상체를 일으켰다. 얼마간 침묵이 흐른 뒤, 영욱이 물었다.

"둘 중에…… 현지만 빠진 거니?"

"아뇨. 둘 다요."

"캠프 관리자들은 없었나? 어쩌다 이런 일이 벌어진 거지?"

동우가 휴대폰으로 기사를 보여 주었다. 영욱은 기사에 실린 사진을 주의 깊게 들여다보았다. 호수는 학교 운동장 정도의 크기에 옆으로 긴 타원형이었다. 호수를 빙 둘러 노란 폴리스 라인이 처져 있었다.

"날이 풀려서 가운데 얼음이 얇아져 있었어요."

"겨울철 익사 사고가 대개 그렇게 발생하지. 가장자리 얼음이 두껍다고 절대 방심하면 안 돼."

"모두 여섯 명이 빠졌고, 그중 쌍둥이가 마지막에 구조됐어요. 둘 다 의식이 없는 상태로 병원으로 옮겨졌는데……."

동우가 주저했다.

"현지는 죽고 영지만 살았구나."

호수 같은 원탁을 가운데 두고 영욱과 동우는 한동안 말이 없었다. 먼저 입을 뗀 사람은 영욱이었다.

"그런데 너는…… 죽은 애가 영지, 산 애가 현지라고 생각하는 거고."

동우가 휴대폰을 영욱에게 건넸다.

"서현지 인스타그램이에요. 계정이 아직 남아 있어요."

영욱은 동우가 건넨 휴대폰을 받아 들었다. 그러고는 화면을 보기 전에 눈을 꾹 감았다. 눈앞으로 싸락눈이 내린다는 영욱에게, 의사는 비문증이라고 했다. 날파리 같다고도 하니 의사는 비문증을 날파리증이라고도 부르는데 치료법은 딱히 없으므로 무심해지는 게 제일 좋은 방법이라고 했다.

"미스 마플."

눈을 뜨자 동우가 몸을 앞으로 기울인 채 영욱을 건너다보고 있었다.

"괜찮으세요?"

영욱은 고개를 끄덕이고 휴대폰을 보았다. 서현지 인스타그램에는 쌍둥이 사진이 올려져 있었다. 진청색 바지에 베이지색 롱패딩, 방울 털모자를 똑같이 착용했다. 키, 얼굴, 체형 모두 똑같아 보였다. 사진 밑에는 '현지영: 부모님도 가끔 헷갈리는 우리! 구별할 수 있는 사람은?'이라고 쓰여 있었고 그 밑으로 정답을 외치는 열댓 개의 댓글이 달려 있었다.

"현지영은 쌍둥이의 별명이에요. 앞에서부터 읽으면 현지, 뒤에서부터 읽으면 영지. 합쳐서 현지영. 이건 사고가 있던 날 아침에 올린 사진이고요."

"늘 똑같이 입고 다녔니?"

"가끔 재미 삼아 하는 이벤트였어요."

영욱은 동우에게 휴대폰을 돌려주었다.

"그러니까 네 말은, 쌍둥이 중에 하나는 죽고 하나는 살았는데, 서로 뒤바뀐 거 같다는 거지? 왜?"

"제가 알고 싶은 게 바로 그거예요."

"산 아이가 굳이 죽은 아이와 자신을 바꿔치기할 이유가 있니?"

"모르겠어요……."

동우가 고개를 푹 숙였다.

"우리가 처음 만났을 때 네가 나한테 했던 말 기억나니?"

"버릇없이 굴었던 기억은 나요."

삼 년 전, 영욱이 본 동우는 아이와 청소년의 경계에서 도리어 어른인 척하느라 고단한 시기를 지나고 있었다.

"너는 그때 나한테 누가 그랬는지 묻지 말고, 왜 그랬는지를 물어봐 달라고 했어."

동우가 영욱의 말을 잠자코 들었다.

"지금도 그래. 왜 그랬을까부터 생각해 보자. 왜 현지는 영지가 되려고 했을까?"

"글쎄요……. 공부는 영지가 더 잘했어요. 전교 2등도 한 번 했었죠. 현지 성적은 중간이었어요."

"성적 때문에 현지가 스트레스를 받았니?"

"잘 모르겠어요. 그 대신 현지는 체육을 잘했어요. 특히 멀리뛰기와 높이뛰기를요."

영욱이 턱을 괸 손을 다른 손으로 받치며 잠시 생각에 빠졌다.

"관점을 바꿔 보자. 네 말대로 영지가 현지라면, 정말 현지가 영지인 척 거짓말을 하는 거라면 말이야. 영지가 되고 싶어 현지를 죽인 게 아니라…… 영지를 살리기 위해 자기를 죽인 걸 수도 있지 않을까."

생각도 못 한 영욱의 말에 동우의 눈이 커졌다.

"영지를 살리려고 현지가 자기를 죽여요? 왜요?"

영욱이 두 손을 원탁 위에 내려놓았다.

"동우야. 나는 네게 묻고 싶구나. 왜 그렇게 쌍둥이한테 관심을 쏟는지. 혹시라도 흥미 때문이니? 재밌어서?"

"재미로 그러는 거 아녜요."

동우의 대답은 단호했다.

"그렇다면 좋아하는 마음인 거니? 둘 중 하나를?"

영욱이 날린 돌직구를 동우는 받아치지 않았다.

"좋아하니 눈길이 갔을 테고, 자꾸 보다 보니 관찰력 좋은 네 눈에 사소한 버릇까지 다 들어왔겠지."

동우의 양 볼이 붉게 물들었다. 영욱은 못 본 척 말을 이었다.

"동우야. 사건을 대할 때 추리력이나 집요함보다 더 중요한 게 있어. 뭔지 아니?"

"……."

"바로 선의야. 좋은 뜻, 착한 마음, 바른 행동."

동우는 잠자코 영욱의 말을 들었다.

"섣부른 너의 행동이 그 아이에겐 더 큰 상처가 될 수 있어. 그걸 잊지 마."

"왜 안 물어보세요? 제가 좋아하는…… 애가 누군지."

영욱이 원탁을 짚으며 일어섰다.

"물어보면, 가르쳐 줄 거야?"

도로 입을 닫는 동우를 보며 영욱은 피식 웃었다.

"미스 마플은 허리디스크 없었겠지?"

영욱이 허리를 툭툭 두드리며 문방구 밖으로 나갔다. 해가 기울고 있었다. 어닝을 걷을 시간이었다.

이상한 사람과 씹던 껌

하나는 문방구에 새로 들어온 공책과 펜을 정해진 자리에 진열했다. 깔끔하게 정리하고 나니 기분까지 좋아졌다. 문방구 일을 돕는 대신 하나가 필요한 것은 무엇이든 가져갈 수 있었다. 영욱에게 말하기만 하면 되었다. 무엇보다 하나는 아빠 말고도 자신을 기다리는 사람이 있다는 것이 기뻤다.

"언니."

부르는 소리에 돌아보자 리라가 문턱에 서 있었다. 티셔츠에 배기바지 그리고 리라의 시그니처인 히프 색까지. 차림새는 여느 때와 같았지만 굳은 표정이었다. 리라가 속삭였다.

"거기서 밖이 잘 보이지?"

하나가 대답 대신 목을 빼고 문밖을 내다보았다.

"스톱. 움직이진 말고."

하나는 입 모양으로 왜, 를 만들어 보였다.

"건너편에 아저씨 있나 봐 봐."

"있어."

"검은 티, 검은 바지, 르꼬끄 운동화."

"맞아."

"어디 보고 있어?"

"너 보고 있는데."

리라가 가자미눈을 떴다. 돌아보고 싶은 걸 꾹 참는 눈치였다.

"학교에서부터 따라왔어. 영어 학원 앞에서도 기다렸고. 몰래 내 사진도 찍었어."

"아는 사람이야?"

리라가 고개를 저었다.

"내가 가서 왜 그러느냐고 물어볼까?"

덩달아 심각해진 하나가 목소리를 낮췄다.

"아니."

남자는 전봇대에 몸을 숨기고 서서 문방구를 지켜보고 있었다. 인상을 바짝 쓴 리라가 결심한 듯 밖으로 나갔다. 히프 색에서 동전을 꺼내 더블버블 풍선껌 자판기에 넣고 레버를 한 바퀴 돌렸다. 사과 향 풍선껌을 입에 쏙 집어넣으며 문방구 앞 캠핑 의자에 가 앉았다.

검은 티 남자는 전봇대에 붙은 전단지를 보는 척 시선을 돌렸다. 리라는 보란 듯이 풍선을 불었다 터뜨리기를 반복하며 남자에게서 시선을 떼지 않았다. 공격과 수비가 바뀐 모양새로 남자와 리라가 팽팽하게 대치했다. 그때 갑자기 트로트 노래가 흘러나왔고, 움찔 놀란 남자가 주머니에서 휴대폰을 꺼내며 골목으로 사라졌다. 그사이 하나가 문방구 밖으로 나와 리라 옆에 섰다. 둘은 고개를 길게 빼고 남자가 사라진 쪽을 살폈다.

"갔어."

"이상한 사람이야."

리라가 투덜거렸다. 태연한 척해도 손이 떨리고 있었다. 하나가 일부러 장난치듯 말했다.

"저 사람 혹시 형사 아냐? 엘러리 퀸이 쓴 추리소설 『Y의 비극』을 보면, 형사가 어린아이를 범인으로 지목하거든."

하나가 짐짓 의심스러운 표정을 짓자 리라가 어이없다는 듯 씩 웃었다.

"우리 엄마는 이 소설 읽고 엄청 울었대."

"왜?"

"어린애가 범인인 게 너무 속상해서. 책 빌려줄게. 읽어 볼래?"

"난 미스터리는 좋아하지만 범죄는 싫어해."

리라가 입술을 오므리더니 풍선을 크게 불었다.

"그래서? 그 애는 어떻게 돼?"

"말해 주면 재미없지."

리라는 풍선껌을 휴지에 싸서 문방구 앞의 쓰레기통에 휙 던져 넣었다. 하나는 가려는 리라를 붙잡아 휴대폰 번호를 받았다. 리라의 히프 색 안에서 휴대폰 진동이 울렸다.

"내 번호야. 집에 들어가면 톡 보내."

리라는 새침한 표정을 지었지만 싫지 않은 기색이었다. 혼자서 타박타박 걸어가는 리라를 보며 하나는 배기바지와 히프 색이 리라에게 참 잘 어울린다고 생각했다.

하나가 문방구 안으로 들어가자 검은 티 남자가 다시 나타났다. 남자는 허리를 숙여 쓰레기통을 뒤적이다 뭔가를 집어 들고는 빠른 걸음으로 사라졌다. 문방구 앞에는 풍선껌의 사과 향만이 희미하게 남아 있었다.

잠 못 드는 강아지

영욱은 휴대폰 벨소리에 잠이 깼다. 시계를 보니 새벽 다섯 시였다. 팔을 뻗어 침대 옆 바닥에 두었던 휴대폰을 집어 들었다. 이 형사였다. 영욱이 퇴직하면서 경찰 생활 내내 지녔던 파카 볼펜을 준 후배였다.

"선배님. 주무시는데 죄송해요."

"벌써 출근한 거야?"

"좀 전에 나왔어요. 사건이 나서요."

"그런데."

"강도 사건이에요. 빌라에 혼자 사는 피해자가 크게 다쳤어요."

"사건 자랑하려고 전화한 건 아닐 테고. 내가 용의자야?"

"선배님도 참. 형사 그만두더니 유머만 느셨어요."

"용건이나 말해."

"전화 끊거든 바로 가게 앞에 나가 보세요. 며칠만 부탁할게요.

사건 현장에 그대로 둘 수도 없고, 맡길 만한 데가 선배님뿐이라. 선배님, 존경합니다."

후배는 제 할 말만 하고 전화를 끊어 버렸다. 영욱은 침대에 걸터앉아 창밖을 바라보았다. 밖은 아직 어둑했다. 목을 천천히 돌려 푼 다음 카디건을 걸치며 일어섰다. 그리고 벽에 걸린 일력을 한 장 뜯어냈다.

잠긴 문을 열자 풍경이 바람에 흔들리며 맑은 소리를 냈다. 문에는 셔터가 따로 없었다. 안쪽에서 잠그는 게 문단속의 전부였다. 영욱은 안에 들여놓았던 뽑기 기계들을 내놓았다. 그때, 어디선가 기척이 느껴졌다.

"아……."

작고 동그란 뒷모습이었다. 짙은 밤색의 짧은 털, 바짝 선 큰 귀, 끝이 말린 꼬리. 강도 사건의 또 다른 피해자. 영욱은 줄에 매인 작은 개를 보며 한숨을 쉬었다. 개가 영욱을 돌아보았다. 꼬리를 바짝 세우며 경계했지만 눈에는 겁이 가득했다. 영욱은 다가가 개 옆에 쪼그려 앉았다. 영욱이 손등을 내밀자 개가 킁킁거리며 냄새를 맡았다. 코가 말라 있었다.

"목이 마르겠구나."

영욱은 그릇에 물을 받아다 개 앞에 놓았다. 개는 물그릇을 힐끔 보더니 도로 주저앉았다. 가까이 밀어 주어도 눈치만 살필 뿐

입에 대지 않았다. 영욱은 손을 털며 자리에서 일어섰다. 새벽 길은 텅 비어 있었다. 탱탱볼이 가득 든 뽑기 기계의 레버를 일없이 돌려 보았다. 원하는 것을 마음대로 얻지 못해 더 간절해지는 게 뽑기였다. 개는 꼼짝 않은 채 길 끝을 바라보고 있었다.

　문방구가 가장 바쁠 때인 등교 시간이었지만 향수문방구는 한가했다. 영욱은 문방구 앞 캠핑 의자에 앉아 눈앞의 풍경을 찬찬히 살피며 마음에 담았다.

　"얘."

　영욱이 가만히 앉은 개를 불렀다. 귀가 쫑긋 섰지만 개는 돌아보지 않았다.

　"주인 기다리니?"

　주인이란 말을 알아듣기라도 한 듯 개가 고개를 돌려 영욱을 보았다.

　"그렇게 기다려도 오늘은 안 와, 아니 못 와. 수술 들어갔대. 그러니까 이리……."

　영욱의 말이 끝나기도 전에 개가 턱을 치켜들며 서글프게 짖었다. 알아들었다는 듯이. 영욱은 난감한 표정으로 개를 내려다보았다.

　"울릴 생각은 없었다."

개가 큰 눈으로 영욱을 쳐다보았다.

"그러니까 너는 목격자가 아닌 목격…… 멍멍이구나. 크게 짖어서 아래윗집 사람들 깨운 것도 너야. 사랑하는 네 주인이 다쳤으니까. 맞니?"

아차, 영욱은 지금 자신이 말하는 상대가 개라는 걸 깨달았다.

"내가 지금 개한테 무슨 소리를 하는 건지."

개가 뒷다리를 세우며 일어났다. 영욱은 최대한 몸을 숙여 개와 눈을 맞췄다. 바짝 들렸던 꼬리가 내려오더니 좌우로 천천히 움직였다.

"네 이름이 뭐니?"

개에게서 옅은 비누 냄새가 났다. 피해자와 개는 서로에게 애틋한 존재, 소중한 반려, 어쩌면 유일한 가족이었을지도 모른다. 영욱은 빈 손바닥을 개에게 내보였다. 그러고는 그 손으로 개의 등을 조심스럽게 쓰다듬었다. 짧은 털이 부드러웠다.

문방구에 모두 모이다

풍경이 울렸다. 문방구 바닥을 대걸레질하던 하나가 고개를 들었다.

"안녕, 소녀 탐정."

하나는 못 들은 척 걸레질을 계속했다.

"문방구 점원으로 잠복근무가 꽤 훌륭하군."

무슨 말이냐는 표정으로 하나가 힐긋 쳐다보자 동우가 가방에서 책 한 권을 꺼냈다. 도서관에서 빌린 『보라선 열차와 사라진 아이들』이었다.

"인도 출신 작가가 쓴 추리소설이야. '자이'라는 이름의 소년 탐정이 찻집 종업원으로 잠복근무를 하는데, 아주 열심히 일하거든. 꼭 너처럼."

솔깃해진 하나가 대걸레를 든 채 곁으로 다가오자 동우는 책을 도로 가방에 넣어 버렸다. 그러고는 선반을 검지로 쓱 닦으며 말을 돌렸다.

"도둑 들면 지문 하나는 잘 남겠다. 먼지가 이렇게 잔뜩 쌓여 있으니."

하나가 동우 쪽으로 대걸레질을 거칠게 해 대자 동우가 발을 번갈아 들며 허수아비처럼 휘청댔다.

"미스 마플은?"

대걸레에 쫓겨 벽에 붙어 선 채 동우가 물었다.

"외할은 산책 가셨어."

외할. 문방구 주인이자 전직 형사 신영욱을 부르는 하나만의 호칭이었다. 사장님도 싫다, 형사님도 싫다, 할머니는 질색하니 마땅히 부를 이름이 없었다.

'그럼 외할 어때요? 외할머니 앞 두 글자만 따서요.'

'손녀 사칭은 괘씸하다만. 맘대로 하렴.'

탱탱볼이 통통 튀어 문방구 안으로 들어왔다. 동우는 탱탱볼을 낚아채 가볍게 던져 올렸다. 리라가 문가에 서 있었다.

"오빠는 왜 자꾸 도도마 문방구에 오는 거야?"

리라가 못마땅한 말투로 물었다.

"호칭 정리부터 좀 하자. 그러니까 미스 마플, 도도마, 외할은 한 사람인 거지? 왜 도도만데? 왜 외할이고?"

"오빠도 맘대로 미스 마플이라고 부르잖아!"

"나는 사연이 있어. 말하자면 길어. 너는 왜 도도만데?"

"나도 길어."

리라가 동우의 대답을 그대로 받아쳤다. 동우가 졌다는 듯 두 손을 들어 올렸다. 하나는 둘을 보며 고개를 절레절레 저었다.

"강아지다!"

리라가 갑자기 소리치며 문방구 밖으로 탱탱볼처럼 튕겨 나갔다. 하나와 동우도 목을 길게 빼고 문밖을 살폈다. 언제 왔는지 영욱이 문방구 앞 캠핑 의자에 앉아 있었다. 영욱 옆에 개가 꼿꼿이 서서는 놀란 눈으로 리라를 올려다보았다.

"얘 누구예요? 도도마가 키우는 거예요? 이름이 뭐예요?"

"지금 다 대답해야 하니?"

리라가 고개를 저었다.

"질문은 한 번에 하나씩. 궁금해 죽겠다는 걸 들키는 순간 게임 끝이야. 포커페이스, 잊지 마."

리라가 히프 색에서 스프링 노트를 꺼내 영욱의 말을 꼭꼭 눌러 적으며 말했다.

"우리 집에서는 십자매 키우거든요. 이름이 호미예요. 근데 강아지도 키워 보고 싶었어요."

"웬 개예요?"

이번엔 동우가 물었다. 그사이 하나가 물잔을 가져와 영욱에게 내밀었다. 영욱은 한 모금씩 천천히 물을 마셨다.

"셋 중 바쁘지 않은 사람이 개 산책 좀 시켜 줄래?"

하나가 말했다.

"방금 산책 갔다 오신 거 아녜요?"

"얘가 잠을 안 자는구나. 고단하게 해서라도 재워야 할 거 같아."

리라가 기다렸다는 듯이 영욱의 손에서 산책 줄을 빼내 갔다.

"가자 가자."

개는 영욱을 돌아보더니 마지못해 리라를 따라갔다. 영욱은 의자 깊숙이 몸을 묻었다.

"강도를 당한 피해자가 키우던 개야. 주인이 다쳤는데 의식이 없다는구나."

"목격자, 아니 목격견이군요."

동우가 흥미를 보였다.

"종일 밥도 안 먹고 잠도 안 자고 큰길 쪽만 내다보고 있어."

"불쌍해요. 얼마나 놀랐을까요."

하나가 걱정스러운 얼굴로 백계단을 보았다. 산책 줄을 쥔 리라가 몇 계단 위에 서서 뒤처진 개를 기다려 주었다.

"지나친 감정 이입은 하지 않는 게 좋아. 어떤 일이든 객관적으로 봐야 해결책이 떠오르는 법이지."

이번에는 하나가 주머니에서 휴대폰을 꺼내 영욱의 말을 받아 적었다.

"당분간 데리고 있어야 할 것 같구나."

"개 이름으로 바스커빌 어때요?"

동우가 진지하게 말했다.

"「바스커빌의 개」에 나오는 개 바스커빌? 셜록 홈즈가 쓰러뜨린? 안 돼. 전설 속 사냥개잖아. 이미지가 안 맞아. 차라리 오드리가 낫겠다."

하나가 고개를 저었다.

"오드리가 뭐야?"

동우가 물었다.

"수사는 발끝에서부터 추리는 코끝에서부터. '명탐견 오드리'를 모른단 말이야?"

쩝, 동우가 입맛을 다셨다. 빈 물잔을 만지작거리던 영욱이 생각난 듯 말했다.

"뽀삐는 어떠니?"

"안 돼요! 뽀삐는 화장지 상표잖아요!"

하나가 딱 잘라 거절했다.

영욱은 눈을 가늘게 뜨고 마지막 계단을 오르는 리라와 개를 바라보았다. 작은 렌즈로 보듯 시야는 좁고 어둑했다. 오래된 필름처럼 두 피사체가 뭉개져 보였다.

"무무!"

리라가 두 손을 내밀며 개를 불렀다.

"이리 와. 무무!"

"무무?"

동우와 하나가 의아한 얼굴로 마주 보았다.

무무를 품에 안은 리라가 개구멍 속으로 엉금엉금 기어 들어
갔다.

어떤 약속

하나는 학교 일 층 중앙계단 앞에 서 있었다. 멀리서 피아노 반주에 맞춰 합창하는 소리가 들렸다. 하나는 체육관 쪽을 힐끗 돌아보았다. 둘씩 짝을 지어 배구 리시브 연습을 하던 중에 몰래 빠져나온 거였다. 얼른 돌아가지 않으면 선생님한테 혼날 수도 있었다.

누군가의 기척에 돌아보니 하나의 아빠가 계단 위에서 다가오고 있었다. 반가워하면서도 놀란 얼굴이었다.

"어, 우리 딸. 수업 중 아니야?"

"화장실 간다 하고 나왔어."

계단을 성큼성큼 내려온 아빠가 체육복을 입은 하나를 살펴보았다.

"한창 클 때란 거 생각 못 하고 너무 딱 맞게 사 버렸구나. 아빠의 실수."

아빠가 머리를 긁적였다.

"큰 걸로 다시 사야겠다."

"괜찮아. 샘이 뭐래?"

아빠가 한숨을 쉬었다.

"잠깐이지만 학폭위 얘기까지 나왔었나 보더라."

"안 때렸다고! 넘어지며 부딪쳐서 그런 거라고."

"알아."

"이찬호가 지은이한테 한 행동이 폭력이야. 이찬호가 지은이한 테 먼저 사과하면 나도 사과할 생각 있어."

아빠가 하나를 향해 엄지를 들어 보였다.

"선생님이…… 아빠 보고 뭐라고 안 해?"

"아빠랑 하나랑 성이 다른 이유는 아직 모르시길래 아빠가 솔 직히 말씀드렸어. 괜찮지?"

하나의 표정이 어두워졌다.

"미안해, 아빠."

"뭐가?"

"나 때문에 학교에 불려 다니고, 나 때문에 연애도 못 하고……."

"맞아. 너 때문에 학교에 불려 다니고 너 때문에 연애도 못 하 고."

"……."

"그리고…… 하나 때문에 살기도 하지. 우리 딸 반하나가 있어서 행복하지."

"정말?"

"엄마가 우리 엄청 혼내고 있을 거 같아. 얼른 수업 들어가. 이따 집에서 보자."

아빠가 웃으며 하나의 등을 가볍게 떠밀었다. 하나는 글썽한 눈을 들키지 않으려고 얼른 고개를 돌렸다. 엄마 장례식장에서 하나가 잠든 줄 알고 어른들이 주고받던 말이 떠올랐다.

"애는 이제 친아빠한테 보내야 하는 거 아냐? 남이잖아, 남."

"뭐가 답답해서 제 핏줄도 아닌 애를 키우겠어."

"아직 젊은데 자기 인생 찾아가야지."

하나는 엄마에게 묻고 싶었다. '엄마, 내가 어떡하면 좋을까.' 기다려도 엄마는 대답이 없었다.

"하나야."

영욱이 부르는 소리에 하나는 풀던 문제집을 덮어 두고 문방구 안쪽에 딸린 살림방으로 갔다. 형광등을 손에 든 영욱이 방 가운데 서 있었다.

"의자 좀 갖고 올래?"

하나는 돌아가 자신이 앉아 있던 의자를 들고 왔다. 영욱이 의자를 전등 아래 놓고 올라서자 하나가 의자 등받이를 두 손으로 붙잡았다. 영욱은 익숙한 손놀림으로 형광등을 갈아 끼웠다. 영욱이 의자에서 내려오려다 발을 헛디뎌 휘청였다. 하나가 팔을 뻗어 영욱을 붙잡았다.

"괜찮으세요?"

하나가 걱정스러운 얼굴로 물었다.

"좀 어지럽네."

영욱이 침대 헤드에 등을 기대며 앉았다. 하나가 의자에 앉아 영욱을 살폈다. 영욱은 그런 하나를 물끄러미 보다가 말했다.

"교복이 잘 어울리는 소녀가 보이네."

하나가 피식 웃었다.

"하나야……. 내가 할머니 같은 말 하나 할까?"

하나가 눈을 반짝였다.

"처음 봤을 때부터 한 생각인데, 너는 제복 입는 직업을 가지면 참 멋있을 거 같다. 교복이 잘 어울린단 말 들은 적 없니?"

"어! 엄마도 저한테 그 말 했었어요."

"엄마는 너 초등학교 때 돌아가셨다고 했지?"

"네. 돌아가시기 얼마 전에 저를 데리고 가서 이 교복을 미리 사 주셨어요."

"어느 중학교에 갈지도 모르는데?"

"못 입게 되더라도 첫 교복만큼은 엄마가 꼭 사 주고 싶다고요."

하나가 교복 앞자락의 주름을 펴며 대답했다.

"그날 교복 입은 저를 보고 엄마가 그러셨어요. 어깨가 반듯해서 제복이 잘 어울린다고."

"부럽네. 나는 어깨가 좁고 둥글어 제복이 썩 어울리지는 않았어."

"동우 오빠한테 들었는데요, 맥도날드에서 처음 만났을 때 트렌치코트를 입은 외할 모습이 엄청 근사했었대요. 큰 키에 커트 머리가 웃하고 너무 잘 어울렸다고요."

"그래서 나를 남자로 착각했지."

하나가 고개를 끄덕이며 큭큭 웃었다.

"고등학교 갈 때는…… 내가 해 줄 수도 있겠구나."

"네?"

"교복 말이다."

불쑥 내뱉고 영욱은 자신이 한 말에 내심 놀랐다. 영욱은 이런 막연한 약속을 좋아하지 않았다. 천직이라 여겼던 형사를 그만둔 것도 자신에게 어떤 약속도 분명히 할 수 없었기 때문 아니던가. 영욱은 얼른 덧붙였다.

"앞으로도 문방구 일을 거들어 준다면 말이다."

"그럼요. 얼마든지요."

하나가 반색하며 자리에서 벌떡 일어섰다. 당장 돕겠다는 듯이 팔을 뻗어 전등 스위치를 눌렀다. 방 안이 환해졌다.

"잘 보이세요?"

"좋구나. 이제 나가 보렴."

"외할, 저요……."

잠시 머뭇거리던 하나가 입을 열었다.

"이번 달엔 아무 일 없었어요."

영욱이 상체를 바로 세우며 벽에 걸린 일력을 한 번, 하나를 한 번 바라보았다. 영욱과 눈이 마주친 하나가 고개를 끄덕였다.

"대견하네, 하나."

하나가 수줍게 웃었다.

"기쁘게 해 드리고 싶었어요."

"기뻐. 고맙고."

하나는 앉았던 의자를 들고 방을 나갔다. 영욱의 입가에 옅은 미소가 떠올랐다.

범인의 흔적

무무의 오전 산책 당번은 영욱이었다. 오후에는 하교가 이른 리라와 하나가 돌아가며 맡았다. 주말 산책은 저절로 동우의 몫이 되었다. 하지만 매일 산책을 시켜도 무무는 밤을 새웠다. 낮에도 꾸벅꾸벅 졸기만 할 뿐 잠을 참았다. 큰길을 내다보며 앉은 무무의 뒷모습은 언제 봐도 쓸쓸했다.

토요일 오후였다. 손님이 없어 따분해진 하나가 무무와 산책을 가는 동우를 따라나섰다.

"걱정이야. 무무를 재워야 하는데 피곤해서 곯아떨어지는 건 늘 나야."

하나가 산책 줄을 옮겨 잡으며 크게 하품했다. 무무가 하나와 동우 사이에서 보폭을 맞추며 걸었다. 동우가 진지하게 말했다.

"무무는 지금 PTSD, 외상 후 스트레스 장애를 앓고 있어. 불면은 그 증상 중 하나야."

"동물도 스트레스를 받는다고?"

하나가 설마 하는 표정을 짓자 동우가 증거를 내보이듯 무무를 가리켰다. 하나가 걱정스레 말했다.

"잠도 안 자고, 아무리 맛있는 걸 줘도 맛만 보고는 그만이야. 물도 조심조심 마신다니까. 어디 불편한 건 아니겠지?"

동우가 갑자기 멈춰 섰다. 앞서 걷던 하나가 돌아보자 동우가 미간을 바짝 좁힌 채 서 있었다.

"왜?"

"무무 말이야. 주인이 강도랑 맞설 때 바로 옆에 있었다고 했잖아. 짖는 소리에 아래윗집 사람들이 잠에서 깰 정도였는데, 과연 그냥 짖기만 했을까."

"집 안에서 키우는 개라 묶여 있지는 않았을 테니⋯⋯. 아, 강도에게 달려들었겠구나!"

"주인이 맞고 있는데 가만있을 세상 순한 개는 없어. 미친 듯이 달려들었겠지."

"물었을 수도 있어."

하나가 동우의 말을 받았다. 동우는 몸을 낮추어 무무의 동그란 얼굴을 감싸 쥐었다. 그리고 무무와 눈을 맞췄다.

"무무. 본 것을 잊지 않으려고 안 자는 건 알겠어. 그렇다면 밥은? 안 먹는 거니, 못 먹는 거니?"

동우가 하나를 향해 손짓했다. 하나가 동우 옆에 쪼그리고 앉았다.

"무무 잡아 봐."

"왜?"

"얼른."

하나가 무무의 마른 몸통을 두 손으로 조심스레 감쌌다. 동우가 무무의 머리를 잡더니 두 엄지손가락으로 입을 벌리려 했다. 무무가 입을 앙다물고 온몸에 힘을 주었다. 빳빳하게 선 꼬리가 강한 거부감을 드러내고 있었다.

"왜 그러는데? 싫다잖아."

하나가 인상을 쓰고, 무무가 그렁대며 버텼지만 동우는 아랑곳하지 않았다. 무무의 입안을 샅샅이 살펴볼 기세였다. 무무가 흰자위를 넓게 드러내며 몸을 부들부들 떨었다. 순간 동우의 손이 멈췄다.

"하나야, 배변 봉투 꺼내."

하나가 못마땅한 표정으로 주머니에서 배변 봉투를 꺼냈다. 동우의 손에 작은 뭔가가 들려 있었다. 동우는 그것을 배변 봉투 안에 조심스럽게 떨어뜨렸다.

"뭔데?"

"범인의 흔적. 찢어진 옷 조각."

"정말?"

"무무는 입맛이 없었던 게 아냐. 배가 고픈데도 먹을 수가 없었던 거야. 물을 조심해서 마신 것도 마찬가지. 이걸 잃어버리면 안 된다는 걸 본능적으로 알았던 거지."

동우는 하나가 잘 볼 수 있도록 배변 봉투를 들어 보였다. 배변 봉투를 바라보는 하나의 시선이 고대의 유물을 대하듯 경건했다. 무무가 재채기를 하며 몸을 털었다.

"결정적 증거야. 범인을 잡을 수 있는."

동우는 길고 마른 손으로 무무의 머리를 가볍게 쓸어 주었다.

"괜찮아, 무무. 이제 됐어."

하나가 무무를 꼭 안아 주었다. 무무의 심장이 빠르게 뛰고 있었다.

선반 앞에 납작 엎드린 리라의 손에 삼십 센티미터 자가 들려 있었다. 선반 밑으로 자를 깊숙이 찔러 넣었다가 끌어냈다. 몇 번이나 해 보았지만 눌러앉은 먼지만 끌려 나올 뿐이었다. 리라가 벌떡 일어나더니 한숨을 쉬었다. 그러고는 풍선껌을 꺼내 씹으며 문방구 입구에 가 섰다. 때마침 한일태권도의 노란 셔틀버스가 지나갔다. 어김없이 아이들이 창문에 코를 박고 밖을 내다보고 있었다. 보란 듯이 풍선을 크게 불던 리라가 갑자기 문 뒤로 몸을 숨겼다. 백계단 옆 전봇대 뒤에 누군가 서 있었다. 얼마 전 자신을 쫓아왔던 사람 같았다.

'혹시 유괴?'

리라는 이내 고개를 저었다. 유괴하기에 초등학교 3학년은 너무 크다. 그리고 납치를 할 거면 바로 하면 되지 계속 쫓아다닐 필요도 없다. 결정적으로 유괴, 납치의 대상이라면 부잣집 애가 낫지 않나? 리라가 생각해 봐도 엄마 아빠는 부자가 아니었다. 전셋집의 거실을 꽉 채운 책, 한쪽 날개뿐이지만 나는 법을 잊지 않은 십자매 호미, 우주를 좋아하는 리라를 위해 엄마 아빠가 큰맘 먹고 산 천체 망원경, 남을 이기려 하지 말고 자신을 이기는 사람으로 크길 바라며 리라라고 이름 붙인 딸. 리라가 생각하는 엄마 아빠의 재산은 이 정도였다.

리라는 껌을 몇 번 더 씹고는 종이에 싸서 문밖 휴지통에 던져 넣었다. '괜한 걱정이야. 오버하지 말자. 다음에 또 보이면 그때 엄마한테 말해야지.' 생각하며 다시 문방구로 들어갔다.

잠시 후, 전봇대 뒤에 서 있던 남자가 천천히 길을 건너왔다. 문방구의 기척을 살피며 조심스럽게 쓰레기통으로 향했다. 허리를 숙이고 쓰레기통을 뒤지던 손이 빠져나왔다. 손에는 리라가 버린 껌이 들려 있었다. 바로 그때였다. 뭔가가 남자의 손등을 때렸다. 놀란 남자가 손목을 부여잡으며 돌아섰다.

"아저씨 뭐예요!"

하나가 따져 물었다. 무무를 안은 동우가 쫓아와 하나 뒤에 섰다.

"무슨 일이야?"

"얼마 전부터 리라 쫓아다니는 사람이야. 전에도 여기까지 따라왔었어."

"학생! 사람 잘못 봤어. 나 나쁜 사람 아니야."

하나가 남자의 신발을 노려봤다.

"르꼬끄 운동화. 같은 사람 맞잖아요."

"씹던 껌 필요해요?"

동우가 남자의 손에 들린 껌을 턱짓으로 가리켰다.

"휴지 버리는데 손에 붙은 거야."

"거짓말하지 마요. 오빠, 들어가서 형사님 좀 불러 줘. 이 아저씨 그냥 보내면 안 돼."

형사란 말에 깜짝 놀란 남자가 슬금슬금 물러나는가 싶더니 돌아서서 달리기 시작했다. 하나가 어리둥절한 표정으로 말했다.

"진짜 이상한 아저씨야. 씹던 껌은 왜 훔쳐 가는 거야?"

동우가 무무를 내려놓으며 대답했다.

"버린 껌에는 씹은 사람의 타액, 그러니까 침이 묻어 있지. 타액에는 그 사람의 DNA가 들어 있고. DNA로 알 수 있는 건?"

"유전자. 그게 왜?"

"이번에는 막장 드라마식으로 해석해 보자. 막장이 무슨 뜻인지는 아니?"

"내가 리란 줄 알아?"

하나가 발끈했다.

"진정 진정. 생각해 봐. 막장 드라마에서 유전자 검사를 하는 이유."

되록되록 눈을 굴리던 하나가 화들짝 놀라며 몸을 곧추세웠다. 그러고는 누가 들을까 한껏 목소리를 낮췄다.

"출생의 비……밀?"

동우가 엄지와 검지를 붙여 동그라미를 만들어 보였다.

"말도 안 돼."

하나의 얼굴이 어두워졌다.

문방구 안에서는 리라가 바닥에 배를 대고 엎드려 유리장 밑을 들쑤시고 있었다. 형광색 히프 색이 허리춤에서 이리저리 흔들렸다.

클로즈드 서클

　토요일 오전의 도서관. 동우는 토요일 오전이라는 시간과 도서관이라는 공간의 교집합을 좋아했다. 꿈꾸지 않아도 언제든 갈 수 있는 멋진 세상이었다. 창으로 들어오는 봄 햇살이 따뜻했다.

　책을 읽다가 기지개를 켜는데, 막 문을 나서는 동그란 뒤통수가 보였다. 단발머리가 낯익었다. 얼른 따라 나갔지만 복도에는 아무도 없었다. 계단을 두리번거리는데 뒤에서 인기척이 났다.

　영지였다. 동우는 한 손으로 목덜미를 쓸어내리며 계단 난간에 기댔다.

"잘못 본 줄 알았네."

"……."

영지가 동우의 손에 들린 책을 빤히 쳐다보았다.

"아, 이거."

파도치는 어두운 밤바다 위로 '부스러기들'이란 제목이 큼직하게 쓰여 있었다.

"아이슬란드 작가가 쓴 미스터리소설이야. 북유럽 특유의 차갑고 스산한 분위기 때문에 노르딕 누아르라고도 불러. 내가 좋아하는 클로즈드 서클 트릭이 나와."

"클로즈드 서클?"

영지가 관심을 보였다.

"외딴섬이나 폭설 속 산장처럼 고립된 곳에서 사건이 일어나고, 그곳에 모인 사람 모두 용의자가 되는 거지. 이 소설에서는 요트가 무대야. 어느 깊은 밤, 요트 한 척이 항구를 향해 돌진해. 승선객은 모두 일곱 명. 하지만 부서진 요트 안에는 아무도 없어."

동우가 저도 모르게 신이 나서 말했다.

"다 어디 갔는데?"

"나도 몰라. 읽는 중이라서. 미스 마플이 추천한 책인데 재밌어."

"미스 마플이면……."

영지가 갸웃하더니 가방에서 책 한 권을 꺼내 보였다. 『패딩턴 발 4시 50분』이었다.

"맞아. 그 책에 나오는 미스 마플. 내가 말하는 미스 마플은 형사님 별명이고. 지금은 형사 그만두고 문방구를 하는데 추리소설 마니아야."

계단을 내려온 영지가 동우와 마주 보고 섰다.

"내 이야기가 추리소설 같니?"

"응?"

"너 추리소설 좋아하잖아. 그래서 날 괴롭히는 건가? 재밌어
서."

재밌어서. 미스 마플도 같은 말을 했었다.

"저기…… 너를 괴롭히려던 건 아냐."

그때 누군가 계단을 뛰어 내려갔다. 계단 양 끝으로 물러난 동
우와 영지 사이로 바람이 일었다.

"지난 겨울방학에 도서관에서 우연히 서영지를 마주쳤어. 왜
혼자 왔냐고 물으니까 현지는 멀리뛰기 하다 발목을 삐끗해 집
에 있다고 했어."

영지가 말없이 동우의 이야기를 듣고 있었다.

"현지가 좋아하는 운동을 못 해 갑갑해한다고, 같이 읽을 책을
빌리러 왔다는 거야. 재밌는 책 좀 골라 달라고 하길래 『오리엔트
특급 살인』을 추천했어. 그다음 주에 영지한테 연락이 왔어. 작
가의 다른 책도 읽어 보고 싶다고. 그래서 애거사 크리스티 전집
으로 목록을 짜 준 거고. 그런데 겨울방학이 지나고…… 네가 나
를 보고도 모른 척하잖아. 그 일이 있긴 했지만……."

"내가 애거사 크리스티 읽는 거 봤잖아. 그런데 뭐가 이상하다는 거야?"

"아니. 그건 증거가 될 수 없어."

동우가 고개를 가로저었다.

"서영지가 그동안 무슨 책을 빌렸는지 서현지는 알고 있어. 같이 읽었을 테니까."

"너는……, 내가 서영지가 아니라 서현지라는 말을 하고 싶은 거지? 대체 내가 왜 그러겠어?"

영지가 동우의 말을 반박했다.

"그걸…… 모르겠어. 영지가 아닌데 왜 영지인 척하는지."

영지의 차가운 눈빛 위로 언뜻 슬픔이 지나갔다.

"영지든 현지든, 세상 사람 모두를 속여도 결코 속일 수 없는 단 한 사람이 있어. 자기 자신. 바로 너."

동우가 한 걸음 앞으로 나왔다. 팔을 뻗으면 닿을 만큼 둘의 거리가 좁혀졌다.

"너를 영원히 잃게 되지 않았으면 좋겠어. 진심이야."

영지는 입을 굳게 다문 채 아무 말도 하지 않았다.

"이제 귀찮게 안 할게. 잘 가."

동우는 영지에게 가벼운 손 인사를 하고 계단을 내려갔다. 더는 생각하지 말자고, 이렇게 정리를 하자고 동우는 결심했다.

놓을 수 없기에

영욱, 하나, 동우 그리고 영욱의 후배인 이 형사가 원탁을 둘러싸고 앉았다. 리라는 영욱 옆에 바짝 붙어 서 있었다. 다들 원탁의 한가운데를 뚫어져라 노려보았다. 하나의 무릎 위에 엎드린 무무의 시선만 문방구 밖 저 너머를 향했다. 원탁 위에는 배변 봉투가 놓여 있었다. 무무의 잇새에서 빼낸 작은 천 조각이 담긴 봉투였다.

"그날 밤, 범인은 무무의 주인과 심한 몸싸움을 벌였을 거예요. 무무는 아무리 짖어도 안 되니까 범인의 바지 자락을 물고 늘어진 거고요."

하나가 확신에 차서 말했다.

"무무?"

이 형사가 형사 수첩에 끄적이던 손을 멈추고 물었다. 하나, 동우, 리라가 동시에 무무를 가리켰고 영욱은 고개를 끄덕였다.

"바지가 찢어지며 무무의 이빨 사이에 낀 거죠. 무무는 범인의 흔적을 놓치지 않기 위해 그때부터 아무것도 안 먹은 게 분명합니다. 제가 천 조각을 빼내자마자 밥도 먹고 물도 잘 마셨어요."

동우가 이어 말했다. 곰곰이 듣던 이 형사가 반박했다.

"그런데 그게 범인의 바지란 증거가 없잖아. 또 동물의 지능이 그 정도로 높을 거 같지는 않은데 말이다."

"TV에서 봤는데, 보노보는 아이큐가 무려 120이래요. 돌고래는 80이고요. 초등학교 저학년하고 비슷하댔어요."

하나의 말에 모두의 시선이 리라에게로 향했다. 말뜻을 알아챈 리라가 팔짱을 끼고 씩씩댔다.

동우가 다시 이 형사에게 말했다.

"무무는 다 봤어요. 그래서 잊지 않으려고 안 자는 거예요."

"개는 말이다…… 증인이 될 수 없어. 사람이 아니잖니?"

"무무는 사람보다 더 영리해요. 냄새도 형사님보다 잘 맡을 걸요."

리라가 이 형사 어깨 근처에서 코를 킁킁거렸다.

"무무 주인 아저씨는 어때요? 아직도 못 깨어나셨어요?"

하나가 무무를 쓰다듬으며 물었다.

"수술은 잘 끝났어. 그래도 회복하는 데 시간은 좀 걸릴 거야."

영욱이 이 형사에게 배변 봉투를 건네며 말했다.

"나중에 물증으로 쓰일 수도 있으니 일단 갖고 있어."

"법정에서 인정하겠어요?"

"법정에서 채택될지 안 될지는 나중 문제야. 증거 수집에는 예외도 별개도 없어. 미리 판단하면 안 돼."

리라와 하나가 얼른 스프링 노트와 휴대폰을 꺼내 영욱의 말을 받아 적었다.

"들으셨죠?"

스프링 노트에 연필을 끼우며 리라가 말했다.

"빨리 잡아 주세요. 무무가 잠을 통 못 자요."

하나가 무무의 등을 토닥여 주었다.

"찢어진 바지는 버리거나 다시 꿰매 입겠죠. 주변 의류 수거함을 뒤져 보거나 인근 세탁소를 탐문해 보세요."

동우의 말에 이 형사가 슬쩍 영욱을 보았다. 영욱은 이 형사에게 씩 웃어 보였다.

"선배님. 개는 데려갈까요?"

영욱이 의견을 묻듯 리라와 하나를 돌아보았다.

"절대 안 돼요!"

둘은 한목소리로 외쳤다.

"애들이라니까."

동우가 혀를 찼다. 리라와 하나가 동시에 동우를 노려보았다.

자리에서 일어서던 영욱이 비틀거리며 원탁을 짚은 채 눈을 감았다.

"선배님!"

"미스 마플, 괜찮으세요?"

놀란 이 형사와 아이들에게 영욱은 걱정 말라는 듯 손을 내저었다.

"괜찮아. 갑자기 일어나서 그래."

이 형사가 걱정스러운 표정으로 새삼스럽게 문방구를 휘둘러보며 말했다.

"선배님, 실컷 놀고 싶어 형사 그만두신다더니. 문방구는 또 뭐예요? 좀 쉬시지……."

"문방구 주인이 꿈이었다고 했잖아."

"형사가 천직이라고 하셨던 분이요? 누가 그 말을 믿어요?"

"외할. 묵비권 행사하세요."

하나의 말에 리라가 묵비권이 뭐냐고 물었다.

"대답하지 않을 권리."

동우가 대신 답했다.

"든든하시겠어요."

이 형사가 농담을 하며 자리에서 일어섰다. 영욱은 이 형사를 배웅하고는 어닝을 걷어 들였다.

"오늘은 동우 오빠가 무무 산책 당번이야."

하나가 산책 줄을 동우 손에 쥐여 주었다.

"동네 공원만 뺑뺑 돌지 말고 좀 크게 돌아. 계속 못 자면 약 먹여야 한대."

동우는 건성으로 고개를 끄덕이고는 무무를 앞장세워 문방구 밖으로 나갔다.

"나도 같이 갈래."

리라가 탱탱볼을 튕기며 따라 나왔다.

"어두워지는데 리라는 집에 가는 게 좋겠다."

영욱이 캠핑 의자를 접으며 말했다. 동우가 튕겨 오른 탱탱볼을 중간에서 가로채자 리라가 내놓으라며 팔을 휘저었다. 뽑기 기계를 안으로 옮기던 하나의 시선이 백계단을 향했다. 영욱은 하나를 따라 고개를 들었다. 낯선 남자와 여자가 백계단 앞에 붙박인 듯 서서 리라를 보고 있었다. 그들은 눈빛을 주고받더니 천천히 길을 가로질러 문방구 앞으로 걸어왔다. 이상한 낌새에 동우가 멈춰 서자 리라가 냉큼 탱탱볼을 잡아챘다. 영욱이 리라 앞을 막아섰다. 여자가 리라를 향해 몸을 기울이며 말했다.

"너구나……."

"쉿!"

하나가 리라를 단속하고는 여자를 똑바로 쳐다보았다.

"누구신데요?"

"우리는…… 준희 엄마, 준희 아빠야."

리라는 영문을 모르는 눈치였다.

"준희가 누군데요?"

"육 년 전에 잃어버린, 우리 아이."

여자의 눈시울이 붉어졌다. 주저하듯 입술이 달싹거렸다. 골목은 기척 없이 고요했다. 하나가 동우를 바라보자 동우는 무언가 직감한 얼굴로 고개를 가로저었다.

"못 본 사이 많이 컸구나."

여자가 기어이 울음을 터뜨렸다. 남자가 여자의 어깨를 감싸며 토닥였다.

"동우. 동생 데리고 집에 가렴."

영욱은 리라의 이름을 입 밖에 내지 않았다. 무엇보다도 아이를 보호하는 게 최우선이었다. 동우가 한 손에는 무무의 산책 줄을, 다른 손에는 리라의 손을 쥐고 종종걸음으로 사라졌다. 리라의 열린 히프 색 사이로 탱탱볼이 알록달록 빛났다. 이럴 땐 리라의 눈치가 빠르지 않은 게 다행이라고 영욱은 생각했다. 영리한 아이라 곧 알아채겠지만.

거꾸로 선 나무

하나네 반은 급식 순서가 1학년에서 마지막이었다. 고기반찬이 동났을까 봐 몇몇 애들이 급식실을 향해 달음박질했다. 반찬에 별 관심 없는 하나와 지은은 줄 맨 끝에 섰다. 누군가 하나의 어깨를 툭 쳤다. 돌아보니 찬호였다. 하나는 찬호를 본 체도 않고 고개를 돌려 버렸다.

"학폭위는 내가 꺼낸 말 아냐. 진짜야."

"맘대로 해. 나도 할 말 있으니까."

"걱정 마. 학폭위하면 집 나가 버릴 거라고 엄마 아빠한테 말했어."

역시 한심유치과 이찬호다웠다.

"저기…… 김지은. 지난번엔 내가 장난이 좀 심했어. 미안해. 사과할게."

찬호가 눈도 맞추지 못한 채 주절거렸다.

"어, 아냐. 괜찮아."

하나가 지은의 옆구리를 쿡 찔렀다.

"야, 뭐가 괜찮아."

"이찬호가 사과했잖아. 받아 주자, 하나야. 응?"

찬호는 금방 신이 나서 까불었다.

"김지은, 고맙다! 하나 너도 화 풀 거지? 화 푼 거다."

뜸을 들이던 하나가 마지못해 새침하게 대답했다.

"그렇다면 뭐, 코피 터뜨린 건 나도 미안."

찬호는 마냥 좋은지 입을 크게 벌리고 활짝 웃었다.

"또 그러기만 해. 그때는 내가 정말."

찬호를 흘겨보던 하나가 피식 웃고 말았다.

하나는 체육복으로 갈아입고 무용실로 향했다. 아직 점심시간이었고 자유학기제 요가 수업이 시작되려면 이십 분은 더 있어야 했다. 하나는 챙겨 간 요가 매트를 깔고 벽을 향해 섰다. 숨을 고른 후 허리를 깊숙이 숙였다. 그리고 손바닥으로 바닥을 단단히 짚었다.

문득 리라가 떠올랐다. 리라는 괜찮을까. 동우 오빠 말대로 정말 출생의 비밀이라도 있는 걸까. 그렇다면 리라에게는 엄청난 충격일 텐데. 하나는 걱정이 되었다.

배에 힘을 주며 두 다리를 차올렸다. 절반도 못 올라간 다리가 툭 떨어졌다. 몇 번을 다시 해도 마찬가지였다.

하나는 심호흡하며 다시 힘껏 발을 차올렸다. 실패했다고 생각한 순간 뒤꿈치가 벽에 닿았다. 거꾸로 선 나무 자세. 두 팔로 지구를 받쳐 든 기분이 좋았다. 팔과 어깨가 부들부들 떨렸지만 입을 앙다물며 버텼다.

아침부터 내리던 비가 수업이 끝나고도 이어지고 있었다. 우산을 펼쳐 들고 교문 쪽으로 걷는데 한 무리가 앞을 막아섰다. 하나가 물건 훔치는 걸 보았다고 신고했던 똑단발, 실반지, 안경이었다.

"반하나. 얘기 좀 해."

똑단발이 고개를 쳐들며 말했다.

"할 말 없어."

"솔직히 말해. 너, 훔쳤지?"

"주머니에서 아무것도 안 나온 거 봤잖아."

"전에 훔치는 거 똑똑히 봤거든. 얘들아, 그렇지?"

"너 때문에 우리만 혼났잖아. 문구점 아줌마랑 경찰이 진짜 본 거 맞냐고, 얼마나 뭐라 그랬는지 알아?"

실반지가 인상을 썼다.

"너희 아빠는 자식이 도둑질하는 거 알고는 있니?"

안경이 비아냥거렸다.

"쟤네 엄마는?"

실반지가 물었고 똑단발이 하나를 쳐다보았다. 똑단발과 하나는 같은 초등학교를 다녔다.

"없어."

똑단발이 말했다. 하나가 똑단발을 노려보았다.

"반하나, 새아빠랑 둘이 살잖아."

안경의 눈이 휘둥그레졌다.

"친딸도 아닌데 한집에 사는 거야? 피도 안 섞인 남이랑?"

큰 소리에 하교하던 아이들이 무슨 일인가 하며 모여들었다. 주변에서 삼삼오오 귀엣말을 주고받는 게 느껴졌다.

"그만해."

하나가 꾹꾹 눌러 담은 목소리로 말했다. 똑단발이 빈정댔다.

"돌아가신 너희 엄마가 걱정이 참 크시겠다."

하나의 얼굴이 얼어붙었다. 움켜쥔 주먹이 덜덜 떨렸다.

"우리 엄마 얘기 함부로 하지 마."

"경찰서에 왔던 할머니, 가짜지? 향수문방구에 같이 있는 거, 내가 다 봤어."

"외할 얘기도 함부로 하지 마!"

"외할?"

똑단발이 하나에게 얼굴을 들이대며 따졌다.

"가짜 맞네. 누가 외할머니를 외할이라고 부르냐! 안 그러니?"

똑단발의 말에 몇몇 아이들이 고개를 끄덕이며 하나를 힐끔거렸다.

"반하나. 애들한테 물어봐. 너처럼 사는 게 정상인지 비정상인지. 물어보라고!"

둘러싼 아이들이 수군거렸다. 수군거림이 쌓이며 벽이 되었다. 순식간에 벽은 하나의 키보다 높아졌다. 하나는 비치적거리며 사방을 둘러보았다. 벽 어디에도 문은 없었다. 온몸에 힘이 빠졌다. 놓친 우산이 운동장 바닥에서 뱅그르르 돌았다. 하나는 눈을 감았다. 두 손으로 귀를 막아 버렸다.

두 개의 이름

새벽 네 시였다. 영욱은 누운 채로 천장을 바라보았다. 무슨 소리에 깬 거 같은데, 냉장고 돌아가는 소리만 옅게 들릴 뿐 고요했다. 영욱은 몸을 일으켜 침대에 걸터앉았다. 바닥에 닿은 발바닥이 서늘했다. 손바닥으로 두 눈을 덮고 눈동자를 굴렸다.

"눈 안에서 큰 원을 그리듯이, 느릿하게 돌리세요. 뻑뻑하지 않더라도 수시로 하세요. 비문증은 어때요? 아직도 눈앞에서 날파리들이 날아다니나요? 그러려니 하셔야 해요."

검진 때 안과 의사가 했던 말이 떠올랐다.

"터널 크기는 어때요? 그대로인가요?"

의사의 질문은 매번 같았다.

"지난번에 제가 몇 차로라고 했었죠?"

영욱이 되묻는 질문도 늘 같았다.

"사 차로 터널에 막 들어섰는데 양 끝 차로까지는 잘 안 보인다고 하셨네요."

"언젠가는…… 터널이 막히는 거지요?"

"아시다시피 망막색소변성증은 유전성 질환입니다. 시야가 점점 좁아지다가 완전히 닫히게 되지요."

진료를 끝내며 의사가 하는 말 또한 늘 같았다.

"보고 싶은 게 있다면 미루지 마세요."

빛의 터널이 이 차로에서 일 차로가 되고, 끝내 길의 자취마저 없어졌을 때, 어떻게 대처할 것인가. 영욱은 골똘히 생각했다. 본다는 감각을 잃는다는 것, 그것이 어떤 의미일지. 그 시간이 곧 들이닥칠 것이란 사실을 영욱은 누구보다 잘 알았다.

준희 엄마 아빠라는 사람들이 나타난 후, 리라는 며칠째 향수문방구에 오지 않았다. 담장 아래 개구멍으로 기어 나와서 히프색을 고쳐 매던 리라의 모습이 자꾸 어른거렸다.

영욱은 문방구 앞 캠핑 의자에 앉아 백계단을 올려다보았다. 영욱의 발치에서 무무가 오후의 햇빛을 받으며 졸고 있었다. 무무는 여전히 깊은 잠을 자지 못했다. 주인이 깨어나기 전에는 무무의 진짜 이름과 잠을 찾을 수 없겠지.

보름달이 뜬 밤, 한숨에 계단 꼭대기까지 뛰어오르면 소원이 이루어진다는 백계단. 같은 계단을 두 번 밟아도 안 되고 난간을 잡아도 안 된다. 교문을 옮긴 이후로 백계단의 전설은 깨졌다고도 하지만 이야기는 믿는 이들의 것이었다.

영욱은 일어나 백계단으로 향했다. 그리고 느린 걸음으로 한 계단씩 올랐다.

꼭대기에 다다라 몸을 낮춘 영욱이 개구멍 안쪽을 살폈다.

"거기 있니?"

아무 답이 없었다. 영욱은 교문 옆에 서 있는 나무를 올려다보았다. 나무 꼭대기로 한낮을 지난 햇살이 드리웠다. 오후의 볕은 종일 서 있느라 고단해진 모든 것들을 눕게 한다. 아무리 높고 무겁고 큰 것이라도 볕이 가리키는 방향으로 눕지 않을 도리가 없다.

"네가 거기 있다는 걸 내가 어떻게 알았는지 궁금하지 않아? 맞혀 봐."

영욱은 개구멍 옆 담벼락에 등을 기대고 앉았다. 억지로 몰아세우면 안 된다. 그저 나는 네 말을 들어 줄 준비가 되어 있다는 자세면 충분하다.

"내가 이 학교 졸업생이라는 거, 말한 적 있니?"

영욱은 말끝을 밧줄처럼 길게 던졌다. 잡고 건너오라는 듯이.

"저 나무 이름이 뭔 줄 알아?"

"……."

"광나무야. 내가 입학하기 전부터 있었으니까 예순 살은 거뜬히 넘었겠지. 눈 밝은 너도 봤을 거야. 초여름에는 흰 꽃이 피고 가을에는 작고 까만 열매가 달리지. 열매가 꼭 쥐똥같이 생겨서 그런지 사람들은 쥐똥나무인 줄로 아는 거야. 쥐똥나무가 아니라 광나무인데 말이야."

개구멍 너머에서는 어떤 기척도 없었다. 영욱은 독백하듯 말을 이었다.

"그런데 말이야. 광나무가 사람들이 자기를 쥐똥나무로 부른다고 속상해할까? 나는 쥐똥나무가 아니라 광나무라며 억울해할까?"

영욱은 잠시 말을 멈추었다. 문방구 앞에 홀로 앉은 무무가 꾸벅꾸벅 졸고 있었다. 바닥의 그림자도 따라 졸았다.

"사람도 마찬가지 아닐까. 뭐라고 불리든 결국 나는 나, 아닐까. 너희 셋은 나를 다 다르게 부르잖니. 리라, 네가 나를 부를 때는 도도마지만 하나는 외할, 동우는 미스 마플이지. 그렇다고 해서 내가 그때마다 다른 사람이 되는 게 아니잖니. 신영욱이란 이름도 마찬가지. 이름이 바뀐다고 그림자까지 바뀌는 건 아니야."

작고 동그란, 탱탱볼 하나가 천천히 굴러 나왔다. 영욱은 개구멍을 내려다보았다.

"그림자……."

개구멍에서 여린 손가락이 나와 탱탱볼의 그림자를 가리켰다.

"맞아."

영욱이 탱탱볼을 집어 들자 그림자가 따라 움직였다.

"개구멍으로 네 그림자가 보였어."

"도도마……."

"여기 있어."

"저 말이에요……, 리라가 아니래요."

평소 통통 튀던 리라의 말투와 달리 목소리에 탄력이 없었다.

"리라가 아니면?"

"제가요…… 이기리라가 아니고…… 준희래요, 우준희. 문방구 앞에서 봤던 그 아줌마 아저씨가…… 진짜 엄마 아빠고요."

주저하는 말속에 담긴 아이의 불안이 읽혔다. 영욱은 일부러 담담하게 물었다.

"네가 여기 사는 걸 어떻게 아셨다니? 준희란 건 또 어떻게 알았고."

"저를 잃어버린 날, 바닷가에서 찍었던 사진을 맘카페에 올렸는데, 누가 비슷한 아이를 본 적이 있다고 댓글을 달았대요. 몇 년 전 이웃집에 살았다고요."

"그렇구나. 같이 사는 부모님이 친부모가 아니라는 건 알고 있었니?"

바닥의 그림자가 고개를 가로저었다.

"아기 때 사진이 없어서 아빠한테 물어본 적은 있어요. 네 살 이후의 사진은 앨범이 몇 개가 될 정도로 많은데 세 살 때까지의 사진은 한 장도 없었거든요. 대답이 없길래, 이사하며 앨범을 잃어버렸나 보다 했어요."

"많이 놀랐겠구나."

"그냥 다 지어낸 말 같아요."

바람이 불었다. 한동안 한숨 같은 바람 소리만 들렸다. 영욱은 바람이 지나가기를 기다렸다가 말했다.

"받으렴."

개구멍으로 작은 손바닥이 나왔다. 영욱은 리라의 손 위에 탱탱볼을 살포시 올려 주었다.

"흘러갔대요, 제가. 튜브를 타고 해변에서 해변으로."

"여름 바다에서 일어날 수 있는 사고지. 제법 멀리까지 떠내려갔나 보구나."

"엄마 아빠가 아기를 간절히 기다렸는데 생기지 않아 많이 슬펐대요. 근데 그때 제가 선물처럼 나타났대요."

"꼭 옛날이야기 같구나. 아기 없는 부부가 우연히 강물에서 떠내려오는 아이를 발견하고 사랑과 정성으로 보살피는."

"이제 저는…… 그 집에 가서 살아야 해요?"

"너를 낳아 준 분들이니까. 일부러 버린 게 아니라면 오랜 시간 너를 그리워하며 찾았을 거야."

"가기 싫다고 하면 나쁜 거예요? 제가 너무 못된 건가요?"

"나쁜 것도 못된 것도 아니야. 너는 아무것도 몰랐고 여기 부모님을 친부모로 알고 살았으니까."

"그래도 가야 하죠? 제가 여기 있고 싶어도."

"대개는 그렇지."

개구멍 너머로 리라의 그림자가 보였다. 무릎에 고개를 파묻고 있는지 작은 몸이 더 작게 말려 있었다.

"예전에 내가 리라 너만 했을 때, 보름달이 뜬 밤에 이 계단을 오른 적이 있어. 나는 지금도 그렇지만 어려서도 그런 걸 믿지 않는 사람이었는데 말이야."

영욱이 담담히 말을 이었다.

"우리 아버지는 앞을 보지 못했어. 태어날 때부터 그랬던 건 아니야. 서서히 시력을 잃어 가는 유전병이었어. 내가 열 살이 되었을 때 아버지는 시력을 완전히 잃었지. 그래서 낯선 길을 갈 때는 나를 꼭 데리고 다니셨어."

바람이 불어 광나무 이파리끼리 몸을 부대끼는 소리가 났다.

"나는 앞 못 보는 아버지가 창피했어. 친구들이 쳐다보는 것도 싫고, 길에서 사람들이 돌아보는 것도 싫었어. 그래서 차라리 내

눈이 안 보였으면 좋겠다고 생각한 적도 있었어."

영욱은 머리를 담벼락에 기댔다.

"하루는 아버지가 어디 갈 데가 있으니까 학교 마치고 일찍 오라고 하셨어. 하지만 나는 친구랑 놀고 싶어서 집으로 바로 가지 않았어. 실컷 놀다가 해가 질 때쯤 돌아갔어."

영욱은 백계단 아래를 지그시 내려다보았다. 향수맨숀의 풍경이 한 장의 사진처럼 눈에 들어왔다. 사진 속 향수맨숀의 외벽은 밝은 살구색이었다. 향수뜨개방과 향수문방구의 간판도 어제 단 듯 깨끗했다. 지는 해 쪽으로 방역차가 달려갔고 그 뒤를 아이들이 쫓았다. 연기가 걷힌 문방구 앞에 열 살쯤 되어 보이는 여자아이가 서 있었다. 문방구의 문을 이리저리 흔들어 보지만 문은 굳게 잠겨 있었다. 영욱이 눈을 감았다 뜨자 사진 속 풍경은 이내 사라지고 없었다.

"집에 아무도 없었어. 아버지는 나를 기다리다 혼자 나갔고…… 차도로 잘못 들어서는 바람에 교통사고를 당했어. 이틀 뒤에 돌아가셨는데 그날 밤이 보름이었어. 소원을 빌기에는 너무 늦어 버렸지."

"유전이면……."

"나도 그렇게 된다는 거야……. 머지않아."

리라가 개구멍에서 기어 나왔다. 무릎걸음으로 다가온 리라와 영욱의 눈이 마주쳤다. 리라의 얼굴에 걱정과 두려움이 가득했다.

"그래서 형사 그만두신 거예요?"

영욱이 고개를 끄덕였다. 리라가 영욱 옆에 붙어 앉았다. 그리고 영욱의 팔에 작은 손을 올리며 몸을 기댔다. 영욱은 리라의 손 위로 자신의 마른 손을 포갰다. 둘은 말없이 서로에게 기댈 수 있는 어깨를 내어 주었다.

리라가 영욱에게 탱탱볼을 내밀었다.

"탱탱볼은 참 기특한 공이에요."

리라가 영욱의 손가락을 하나씩 모아서 탱탱볼을 꼭 쥐도록 했다.

"탱탱볼을 잡으면 이렇게 주먹이 돼요. 주먹은 용기가 되고요."

영욱은 자신의 주먹을 가만히 내려다보았다.

"정말 그러네. 용기가 나네."

"그러니까 도도마도 하나 갖고 계세요."

"그래, 고맙다."

"옛날이야기에서, 떠내려온 그 아이는 어떻게 돼요?"

"고난과 위기를 이겨 내고 나라와 백성을 구하는 영웅이 되지."

휴, 리라가 숨을 내쉬었다.

"어른들의 일은 어른들에게 맡겨 두렴. 너를 낳아 준 분들이고 너를 길러 준 분들이니 너를 사랑하는 마음만은 하나임이 틀림없어."

영욱이 리라가 하듯 주먹 쥔 두 손을 허리에 척 올렸다. 풋, 리라가 웃었다.

영욱은 리라를 남겨 두고 백계단을 내려갔다. 문방구 앞에 서서 졸다 깬 무무를 내려다보았다.

"무무, 이 잠 못 드는 강아지야."

무무가 벌떡 일어났다가 도로 누웠다. 영욱은 무무의 머리를 가만히 쓰다듬었다. 동그란 머리가 손안에 쏙 들어왔다.

"너를 어쩌면 좋으니."

몸을 일으킨 영욱이 백계단을 돌아보았다. 리라는 개구멍 너머로 사라지고 없었다. 광나무만이 혼자 씩씩하게 자리를 지키고 있었다.

쌍둥이의 방

영지는 방문 앞에 우두커니 서 있었다. 방문에는 작은 팻말이 걸려 있었다.

'현지영의 방, 우선 노크.'

영지는 가만히 문을 두드렸다. 똑똑. 대답은 없었다. 영지는 큰 결심을 한 사람처럼 손잡이를 잡고 문을 열었다. 방은 반으로 접었다 펼친 것처럼 좌우가 똑같았다. 한 쌍의 책상, 침대, 옷장. 쌍둥이의 방. 영지는 한동안 문가에 서 있다가 왼쪽 침대에 걸터앉았다. 얼마나 지났을까. 기척에 돌아보니 개킨 옷가지를 든 엄마가 열린 문 앞에 서 있었다.

"왜 그러고 있어? 가방도 멘 채로, 교복도 안 벗고."

"그냥."

영지가 힘없이 말했다.

"영지야……."

엄마는 오른쪽 영지의 침대 위에 옷을 내려놓았다.

"아빠가 그러는데 밤에 현지 침대에서 잔다며?"

엄마 얼굴에서 걱정과 슬픔이 묻어났다.

"엄마······."

"응."

엄마가 부드러운 손길로 영지의 등허리를 쓸어 주었다.

"중환자실에 있을 때 말이에요······. 어떻게 알아봤어요? 영지인지 현지인지."

"그건······ 왜 물어봐?"

"옷도 똑같고······, 헷갈릴 수 있잖아요."

엄마는 대답이 없었다. 한참 뒤 겨우 입을 떼었다.

"간호사가 네 목에 걸려 있던 거라며 목걸이를 돌려줬어."

'아!' 영지의 입에서 작고 짧은 탄식이 흘렀다. 목걸이의 존재를 잊고 있었다. 부모님은 현지와 영지의 초등학교 졸업 선물로 네잎 클로버 펜던트 목걸이를 선물해 주었다. 펜던트 뒤에는 둘의 영문 이름 이니셜이 각각 새겨져 있었다. 영지의 YJ와 현지의 HJ.

"그땐······ 엄마도 제정신이 아니었고."

사고 소식을 들은 엄마는 충격으로 쓰러져 일주일 넘게 누워지냈다. 딸이 깨어났을 때 옆에 있던 사람은 아빠였다.

"무엇보다도, 네가 영지라고 하니까."

엄마가 주먹으로 왼쪽 가슴을 깊게 누르며 숨을 내쉬었다.

"네가 영지라는데…… 영지 맞다는데, 거기다 대고 혹시 현지 아니냐고 물을 순 없잖아."

엄마는 두 팔로 영지를 당겨 안았다.

"엄마. 부모는 자식이 죽으면 가슴에 묻는다면서요. 그러면…… 형제가 죽으면 어디에 묻어요?"

"그건…… 사고였어."

"아니, 아니."

영지가 도리질을 했다.

"나 때문이야. 무섭다는데도 내가 끌고 들어갔어. 사진에 잘 나와야 한다고 일부러 호수 가운데로. 쩍쩍 얼음 갈라지는 소리를 들었는데도, 괜찮다고 했어, 내가."

영지가 울음을 터뜨렸다. 양 볼을 타고 눈물이 흘렀다.

"제가, 제가 놔 버렸어요. 저도 모르게 손을 놔 버렸어요."

무너진 감정이 견디기 힘들 만큼 큰 파도가 되어 밀려들었다.

엄마의 비밀 메시지

영욱이 무무 산책을 마치고 문방구로 돌아오니 백계단 앞에
한 남자가 서 있었다. 영욱을 본 남자가 길을 가로질러 건너왔
다. 남자는 삼십 대 후반으로 살짝 처진 눈꼬리가 선해 보였다.

"문방구 사장님 되십니까?"

"사장이랄 것도 없는 작은 가게입니다."

영욱이 보란 듯이 손으로 문방구 쪽을 쓱 훑어 보였다.

"반하나 아빠입니다. 좋아하는 문방구 아주머니가 있다고 하
나에게 들었습니다."

"아, 하나 아버님이시군요."

"하나가 지난 며칠 동안 여기에 왔었나요?"

"아뇨."

그럴 줄 알았다는 듯 하나 아빠가 고개를 끄덕였다.

"하나한테 무슨 일이 있습니까?"

영욱이 대답을 기다리지 못하고 재차 물었다.

"하나가 집을 나갔나요?"

영욱은 자신도 모르게 청바지의 주머니를 뒤적였다. 탐문할 때 받아 적던 버릇이 남아 무언가 적을 만한 것을 찾고 있었다. 무안해진 영욱은 손을 털듯 가볍게 비볐다.

"아뇨. 하나는 집에 있습니다."

"거꾸로 틀어박혔군요."

하나 아빠가 고개를 끄덕였다.

"이틀 동안 학교를 안 갔습니다. 오늘 담임 선생님께 연락받고 알았습니다. 저 출근할 때 같이 등교하는 척하고서는 도로 집으로 들어간 거죠."

하나 아빠가 잠시 주저하다 입을 열었다.

"하나가 어디까지 얘기했는지 잘 모르겠지만, 저는 하나의 친부가 아닙니다."

"그러시군요. 몰랐습니다."

"하나 엄마는 저의 대학 선배였습니다. 직장 동료였던 남자친구와 헤어지고 나서 임신 사실을 알았죠. 하나를 낳고 나서 저와 결혼했습니다. 하나가 기고 걷고 말하고 크는 모든 과정을 제가 다 지켜보았습니다. 하나는 제 딸입니다."

하나 아빠가 한 걸음 다가서며 두 손을 모았다.

"선생님. 부탁이 있습니다. 하나 좀…… 만나 주세요."

"하나는 아빠하고 친한 줄 알았는데요."

하나 아빠의 눈시울이 붉어졌다. 영욱은 모른 척 무무의 산책 줄만 만지작거렸다.

"제게는 도무지 말을 안 하네요. 저희는 가까운 친척도 없고요."

영욱은 한숨을 쉬었다.

"애를 방에서 나오게 하면 되는 건가요?"

"부탁드립니다."

하나 아빠가 고개를 숙였다.

"알겠습니다. 혼자서는 어렵고 저도 도움이 필요하겠어요."

영욱은 발치에 앉은 무무를 내려다보았다.

하나 아빠는 영욱에게 집 현관문 비밀번호를 알려 주었다. 영욱은 무무를 데리고 하나네 집으로 올라갔다. 해는 넘어갔지만 완전히 어두워지지는 않은 때였다. 영욱은 눈을 두세 번 감았다 뜬 후 현관문을 열고 들어갔다. 저녁이면 시야가 더 좁아져 가까운 사물도 시원하게 보이지 않았다. 영욱은 하나의 방문 앞에 식탁 의자를 놓고 앉았다. 무무가 문틈에 코를 박고는 킁킁댔다. '짖어 주면 더 좋을 텐데.' 영욱은 쥐고 있던 무무의 산책 줄을 놓았다.

"반하나. 무무가 문 열어 달라고 하는구나."

대답이 없었다.

영욱은 서두르지 않았다. 말하라고 하면 더 하기 싫은 게 사람 마음이었다. 더더구나 상처받은 아이였다.

"반하나, 너 괘씸죄야. 무무 산책도 안 시키고. 무무가 어제는 쪽잠도 안 자고 꼬박 밤을 새우더라. 이 형사한테 돌려보내려는 거 리라랑 둘이 뜯어 말려 놓고 이런 식이면 곤란해. 나는 개털 알레르기도 있어."

무무가 영욱을 돌아보았다. 영욱은 무무에게 고개를 살짝 흔들어 보였다.

"무무만이라도 들어가게 해 주면 어떨까."

영욱이 무무에게 손짓했다. 무무가 알아들은 듯 문을 긁고 낑낑대며 부산을 떨었다. 영욱은 가만히 기다렸다. 몇 분쯤 지났을까. 문이 소리 없이 열렸다. 문 너머를 살폈지만 방 안은 몹시 어두웠다. 무무가 열린 문 사이로 냉큼 뛰어들었다.

얼마 후, 무무를 안은 하나가 문밖으로 나왔다. 얼굴은 창백했고 눈은 퉁퉁 부어 있었다.

"문이 열렸는데, 왜 제 방에 안 들어오셨어요?"

"들어오길 바랐니?"

하나가 무무의 등을 부드럽게 쓸어 주었다.

"보통 이럴 때는 어른이 다가와서 혼자 있는 아이를 안아 주잖아요."

"원한다면 지금이라도."

영욱이 팔을 벌리자 하나가 한 걸음 뒤로 물러섰다.

"말이 그렇다는 거죠."

"아버지가 문방구로 찾아오셨어. 무슨 일이 있었는지 대충 들었다."

"……."

"하나야, 너는 말이다, 직관적이고 행동이 빠른 아이야. 그래서 무모할 때도 있지."

"엄마를 닮아서 그렇대요. 엄마는 옳다고 판단한 일에는 주저하지 않으셨어요."

"멋진 분이셨구나."

하나가 미간을 찡그리며 말했다.

"함부로 말하는 애들이 너무 미워요."

"하나는 추리소설 좋아하지? 『솔로몬의 위증』이란 일본 추리소설이 있어. 한 아이의 추락사에 얽힌 거짓과 진실을 가리기 위해 중학생들이 직접 교내 재판을 벌이는 이야기야."

추리소설이란 말에 하나가 고개를 들었다.

"이 소설에는 세 가지 폭력이 나와. 아이를 옥상에서 떠미는 신

체적 폭력, 못된 말로 남을 괴롭히는 언어적 폭력. 마지막이 뭔지 아니?"

영욱이 이어 말했다.

"생각의 폭력. 미워하고 저주하는 거."

영욱이 하나의 이마를 가리켰다.

"머리로."

이번에는 하나의 왼쪽 가슴을 가리켰다.

"그리고 마음으로. 보이지는 않지만 가장 나쁜 거야. 결국 자기 자신을 해치거든."

하나는 조용히 무무를 쓰다듬을 뿐이었다.

"이런 말 하면 꼰대니?"

"저를 위해서 하시는 말씀인 줄 알아요."

하나가 영욱과 눈을 맞췄다.

"다른 사람을 미워하는 데 네 힘을 너무 쓰지 않았으면 좋겠구나."

"그래도 화가 나고 누가 막 미워질 때, 외할은 어떻게 해요?"

"나는 말보다 주먹이 먼저 나가는 새내기 형사였어. 독하고 거친 범죄자들을 잡으러 다니다 보니 점점 그렇게 되더구나. 그때 내 사수, 그러니까 나를 가르치던 선배 형사가 나한테 이런 조언을 했어."

기억을 더듬듯 영욱이 잠시 말을 멈췄다.

"예스와 플러스. 자신에게 물었을 때 정말 답이 예스인지, 그 행동이 사건을 해결하는 데 플러스가 되는 방법인지를 먼저 생각하라고. 그래도 주먹이 나가야 한다면 말리지 않겠다고."

하나가 설핏 웃음을 보였다.

"효과 있었어요?"

"나름. 결국은 실패해서 한직으로 밀려나긴 했지만. 너는 그러지 않았으면 좋겠구나."

"노력해 볼게요……."

하나는 무무를 조심스럽게 바닥에 내려놓았다. 영욱은 무무의 산책 줄을 잡고는 현관으로 나갔다. 따라 나온 하나가 영욱의 운동화를 신기 편하게 바깥쪽으로 돌려 주었다.

"고맙다."

영욱은 하나를 돌아보며 말했다.

"스스로에게 상처 주지 말렴."

문이 닫히며 영욱과 무무의 모습이 사라졌다. 하나는 방으로 돌아와 책상 앞에 섰다. 책상 위에는 책 한 권이 놓여 있었다. 엄마가 마지막으로 선물한 책, 『황금벌레』였다. 하나는 표지에 가만히 손을 올렸다. 그러고는 책장 사이에서 종이 쪽지를 꺼냈다. 엄마가 남긴 비밀 암호였다.

하늣 둡퍼 하늣 (㉠_)느프

※ 암호문의 ( )는 한 글자를 의미

납골당으로 들어서는 하나의 손에 꽃 장식이 들려 있었다. 하나는 기다란 복도를 따라 걸었다. 복도 양옆으로 천장 높이의 유리장이 늘어서 있었고 유리장 칸칸마다 유골함이 들어 있었다. 저 사람들에게도 남겨진 가족들이 있겠지. 마음이 울렁거렸다.

하나가 한 유리장 앞에서 걸음을 멈췄다.

"엄마, 나 왔어."

하나는 유리문의 꽃 장식을 바꾸어 달았다.

"그동안 못 와서 미안. 힘든 일이 좀 있었어⋯⋯. 엄마 보면 울까 봐 일부러 안 왔어. 내가 울면 엄마 속상하잖아. 봐, 지금도 울잖아."

하나는 손등으로 눈가를 닦았다.

"엄마⋯⋯, 아빠랑 사는 게 그렇게 이상한 일이야? 친아빠는 괜찮고 새아빠는 안 되는 거야? 엄마 없으면 아빠랑 나는 같이 살면 안 되는 거야? 정말 모르겠어."

사진 속 엄마의 얼굴 위로 유리에 비친 하나의 얼굴이 포개졌다.

'하나야.'

하나는 엄마와 눈을 맞췄다.

'세상은 아주 긴 암호문과 같아. 아무리 어려워 보여도 풀리지 않는 암호문은 없어.'

하나는 고개를 끄덕였다. 그리고 가방에서 노란 메모지를 꺼냈다.

"엄마가 숨겨 뒀던 비밀 암호야. 엄마가 마지막으로 사 준 책 사이에 끼워져 있었어. 엄마는 내가 이 책을 다시 펴 볼 거라는 걸 알고 있었어. 엄마를 가장 많이 그리워할 순간에."

하나가 애써 웃어 보였다.

"보자마자 암호 키를 이용한 일대일 치환 암호가 아닐까 생각했어."

'암호 키는 금방 찾았어?'

"단편 「검은 고양이」에 메모지가 끼워져 있었어. 검은 고양이의 이름 플루토 중 '플'에만 형광펜이 칠해져 있었고."

하나가 이번엔 수첩을 꺼내 엄마 사진 쪽으로 내밀어 보였다.

암호키: 검은 고양이 플루토의 '플'

'플'의 첫 자음 ㅍ을 ㄱ으로 치환																		
ㅍ	ㅎ	ㄱ	ㄴ	ㄷ	ㄹ	ㅁ	ㅂ	ㅅ	ㅇ	ㅈ	ㅊ	ㅋ	ㅌ	⑪	㉠	㉣	⑩	Ⓐ
↓	↓	↓	↓	↓	↓	↓	↓	↓	↓	↓	↓	↓	↓	↓	↓	↓	↓	↓
ㄱ	ㄴ	ㄷ	ㄹ	ㅁ	ㅂ	ㅅ	ㅇ	ㅈ	ㅊ	ㅋ	ㅌ	ㅍ	ㅎ	ㄲ	ㄸ	ㅃ	ㅆ	ㅉ

'플'의 첫 모음 ㅡ를 ㅏ로 치환													
ㅡ	ㅣ	ㅏ	ㅑ	ㅓ	ㅕ	ㅗ	ㅛ	ㅜ	ㅠ				
↓	↓	↓	↓	↓	↓	↓	↓	↓	↓				
ㅏ	ㅑ	ㅓ	ㅕ	ㅗ	ㅛ	ㅜ	ㅠ	ㅡ	ㅣ				
'플'의 마지막 자음 ㄹ을 ㄱ으로 치환													
ㄹ	ㅁ	ㅂ	ㅅ	ㅇ	ㅈ	ㅊ	ㅋ	ㅌ	ㅍ	ㅎ	ㄱ	ㄴ	ㄷ
↓	↓	↓	↓	↓	↓	↓	↓	↓	↓	↓	↓	↓	↓
ㄱ	ㄴ	ㄷ	ㄹ	ㅁ	ㅂ	ㅅ	ㅇ	ㅈ	ㅊ	ㅋ	ㅌ	ㅍ	ㅎ

"'플'이 암호 키였어. 나는 우선 '플'을 ㅍ, ㅡ, ㄹ로 쪼갰어. 그런 다음 ㅍ을 첫 자음 ㄱ과 치환시켰어. 그리고 순서대로 자음 ㅎ은 ㄴ으로. ㄱ은 ㄷ으로. ㅡ, ㄹ도 마찬가지 방법으로 치환했어. 원 문자 ㄱ이 된소리 ㄸ인 걸 알아내기도 어렵지 않았어. 그렇게 풀 어낸 게 이거야."

하나가 수첩을 한 장 찢어 유리문에 붙였다.

"엄마. 나한테 좋은 친구들이 생겼어."

'정말? 어떤 친구들인데?'

"먼저 리라. 초3. 화가 나면 허리에 손부터 걸치는 애야. 탱탱볼 을 엄청 좋아해. 똑똑한데 가끔 허당이야. 그리고 동우 오빠. 고1 이고 전교 1등. 잘난척쟁이지만 은근 츤데레. 움직이는 걸 무지 싫어해. 다음은 무무. 잠 못 드는 강아지. 사건 현장에서 구조된

개인데 주인을 기다리는 것 같아. 얼른 나았으면 좋겠어."

하나가 잠시 엄마의 사진을 보다 말을 이었다.

"마지막으로 신영욱 형사님. 지금은 문방구 주인이지만. 엄마처럼 추리소설 마니아야. 나는 그냥 외할이라고 불러. 외할머니 준말. 잘 웃지도 않고 맨날 심각한데 결정적일 때 내 편. 그런데 몸이 좀 안 좋으신지 늘 피곤해하셔."

하나가 유리문에 손바닥을 갖다 댔다. 엄마의 온기가 느껴지는 것 같았다.

"엄마. 암호 해독한 건 내가 가고 나면 읽어."

하나는 엄마를 향해 가볍게 손을 흔든 후 돌아섰다. 가방에 걸린 노란 스마일리 키링이 흔들리면서 환하게 웃고 있었다.

너를 믿고 너를 따라가

짝짝짝.

엄마의 박수 소리가 들렸다. 하나는 싱긋 웃었다. 그리고 씩씩한 걸음으로 계단을 내려갔다.

나는 나

열린 옷장 앞에서 리라는 고민에 빠졌다. 옷장 안에는 알록달록한 원피스들이 나란히 걸려 있었다. 리라는 분홍색 원피스의 프릴 소매와 허리에 달린 큰 리본을 만지작거렸다. 예쁜 옷이지만 리라의 취향은 아니었다. 예전 엄마 아빠는 무엇을 사든 먼저 리라의 의견을 물었다. 그리고 리라가 좋다는 건 색색으로 고루사 주었었다. 여러 가지 색의 똑같은 티셔츠, 배기바지, 운동화, 형광색 히프 색과 히프 색 안에 가득한 탱탱볼.

'준희로 계속 살았다면, 나도 이런 원피스 좋아했을까?'

리라는 책상 위 액자를 보았다. 준희의 돌잔치 사진이었다. 흰 드레스 차림에 왕 리본 머리띠를 하고 있었다. 리라는 우준희가 남처럼 낯설었다.

리라는 옷장의 맨 아래 서랍을 열고 티와 바지, 양말을 꺼냈다. 잠옷을 벗은 후 배기바지와 티셔츠를 입었다. 쪼그리고 앉아 회색 바탕에 보라색 줄이 들어간 니삭스도 신었다. 마지막으로 히프 색을 두르고 옷장 거울에 비친 자신을 바라보았다.

리라는 곧 히프 색과 옷을 벗어 서랍에 도로 넣었다. 그리고 프릴이 없는 연두색 원피스를 꺼내 입었다. 니삭스를 벗고 흰색 발목 양말로 갈아 신은 후 다시 거울을 들여다보았다.

"안녕, 우준희."

노크 소리가 나고 문이 열렸다. 엄마였다.

"벌써 일어났어? 깨워 주려고 했는데. 원피스가 딱 맞네. 다행이다."

"감사합니다."

"공룡 잠옷은 마음에 드니? 준희 너 애기 때 공룡 엄청 좋아했거든."

"마음에 들어요."

지금은 우주를 더 좋아한다. 예전 집에는 예전 엄마랑 같이 산 우주선 잠옷이 세 벌이나 있다.

"학교는 집에서 멀어요?"

"아파트 단지 나가서 길 하나만 건너면 돼. 새로 다닐 학교 궁금하지? 아침 먹고 가 볼래?"

"네."

"오므라이스 해 놨어. 달걀 좋아한다며?"

"덜 익은 건 싫어해요."

"그래? 민희도 그런데. 자매라 그런가. 식성이 똑같네."

엄마가 웃어 보이고는 방에서 나갔다. 리라는 나가려다 말고 돌아와 서랍에서 히프 색을 꺼냈다. 그리고 원피스 허리에 둘렀다. 마음이 단단해지는 느낌이 들었다.

아빠와 민희가 식탁 앞에서 기다리고 있었다. 파란색 원피스 잠옷을 입고 땋은 머리를 길게 늘어뜨린 민희는 꼭 〈겨울왕국〉의 엘사 같았다.

"민희야, 준희 언니야. 인사해."

아빠가 슬쩍 민희의 등을 밀었다. 민희는 아빠의 다리 뒤에 숨어서는 고개만 빼꼼히 내밀었다.

"준희도 동생 생겨 좋지?"

리라는 고개를 끄덕였다. 엄마가 둘을 바라보며 환하게 웃었다.

아빠가 민희를 번쩍 들어 식탁 의자에 앉혔다. 리라는 민희 옆에 앉으면서 식탁 위 접시를 보았다. 오므라이스에 케첩으로 하트가 그려져 있었다. 접시 한쪽에는 반으로 가른 오렌지가 담겨 있었다. 리라는 하트를 물끄러미 내려다보았다.

예전 아빠는 겨울만 되면 붕어빵을 사 들고 집까지 달려오곤 했다. 붕어빵을 좋아하는 리라를 위해서였다. 식을까 봐 현관에 선 채 붕어빵 봉투부터 내밀었다. 갑자기 왜 붕어빵 생각이 났을까.

"왜? 케첩 싫어해?"

여기 아빠가 물었다.

"좋아해요."

리라는 하트가 다치지 않도록 조심스럽게 숟가락질을 했다. 그때 민희가 리라 앞으로 손을 쑥 내밀었다. 손바닥 위에 오렌지 반쪽이 놓여 있었다.

"언니 먹어."

입가에 케첩을 묻힌 민희가 오물거리며 말했다.

"언니 좋아."

배시시 웃는 민희의 눈이 초승달 같았다. 리라는 오렌지를 집으며 민희를 따라 미소 지었다.

엄마 아빠는 리라와 시간을 보내기 위해 휴가를 냈다. 리라가 소파에 앉아 요구르트를 마시는 동안 아빠는 설거지, 엄마는 민희 유치원 등원 준비로 바빴다. 아빠는 설거지하는 틈틈이 고개를 돌려 리라를 살폈고, 엄마는 민희를 데리고 욕실과 방을 바쁘게 들락거리면서도 리라에게 눈웃음을 지었다. 민희는 늦었다며 재촉하는 엄마를 두고 자꾸 리라한테 쪼르르 달려오곤 했다.

"저기야."

엄마가 도로 건너편을 가리켰다. 마침 신호등이 빨간불로 바뀌어서 리라와 엄마 아빠는 나란히 멈춰 섰다. 길 건너로 초등학교 교문이 보였다.

"집에서 나와 큰길 따라가면 바로야. 쉽지?"

리라가 두리번거리며 주변을 살폈다. 휴대폰 대리점과 카페, 치킨집이 보였다.

"문방구는 어딨어요?"

"학교 앞에는 없어. 대신 아파트 상가에 있으니까 준비물은 거기서 사면 돼. 필요한 거 있니?"

리라는 고개를 저었다. 새 학교 앞에는 종일 해가 들어 기분이 좋아지는 백계단도, 향수문방구와 그 앞의 더블버블 풍선껌과 탱탱볼 뽑기 기계도 없었다. 리라는 학교 앞 도로에 늘어선 가로수들을 보았다. 봄에 움튼 나무의 잎사귀는 연둣빛이었다.

사람들이 쥐똥나무로 안다는 광나무는 잘 있을까. 광나무는 겨울에도 초록 이파리가 지지 않는 고집 센 나무였다. 도도마의 말이 생각났다.

'광나무가 사람들이 자기를 쥐똥나무로 부른다고 속상해할까? 억울해할까?'

신호등에 초록불이 들어왔다. 보행 신호에 걸린 노란색 유치원 버스가 정지선 앞에 멈춰 섰다. 한 아이가 창밖을 내다보다가 리

라와 시선이 부딪쳤다. 아이가 차창 가까이 얼굴을 댔다. 그러고
는 창문에 콕 코를 박았다.

한일태권도의 노란색 셔틀버스, 캠핑 의자에 앉은 도도마, 잠
못 드는 강아지 무무, 하나 언니와 동우 오빠, 십자매 호미와 예
전 엄마 아빠가 머릿속에서 폭죽처럼 터져 올랐다. 태어나 처음
으로 느껴 보는 감정이었다. 한쪽 볼을 타고 눈물이 흘렀다. 돼지
코 아이가 놀란 눈으로 리라를 쳐다보았다.

리라는 얼른 손등으로 눈물을 닦아 냈다. 그리고 엄마 아빠 사
이에서 나란히 걸었다. 이기리라든 우준희든 달라지는 건 없었
다. 이기리라와 우준희, 둘 다 나였다. '나는 나야.' 리라는 히프
색을 바로 했다. 그리고 초록 신호를 따라 새 학교를 향해 한 발
한 발 내디뎠다.

언젠가 다시

현지는 책상 앞에 앉아 열린 창문을 바라보았다. 바람이 불 때마다 얇은 커튼이 부풀어 올랐다. 현지는 일렁이는 커튼 자락을 향해 손을 뻗었다.

"엄마."

영지의 옷장을 정리하던 엄마가 돌아보았다.

"영지가 좋아하던 거."

"맞아. 너희들 어릴 때 커튼 뒤에 숨는 거 참 좋아했는데. 특히 영지가. 아빠랑 숨바꼭질하면 꼭 거실 커튼 뒤에 숨어서 가장 먼저 들켰잖아."

"이 커튼도 영지가 직접 골랐어요."

"커튼은 그냥 둘까?"

현지는 고개를 끄덕이며 오른쪽 책상의 서랍을 열었다. 색색의 필기도구와 메모지, 지우개, 마스킹 테이프가 가지런하게 정리되어 있었다.

현지는 서랍을 닫고 그 아래 서랍을 열었다. 그 안에 흰색 휴대폰 하나가 들어 있었다. 영지가 예전에 쓰던 휴대폰이었다. 현지는 충전기를 연결한 후 휴대폰의 전원을 켰다. 배경 화면에는 흰 가운에 요리사 모자를 쓴 어린 영지가 국자를 들고 환히 웃고 있었다.

"키자니아 갔을 때 찍은 사진이네. 아마 너희들 초2 때였을 거야."

엄마가 다가와 사진을 들여다보았다.

"영지는 이때부터 요리하는 걸 참 좋아했어요."

현지는 휴대폰 사진첩으로 들어가 '요리' 파일을 열었다. 음식 사진이 잔뜩 저장되어 있었다. 영지가 직접 만든 음식들이었다.

"영지가 만든 음식 중에 최고는 뭐니 뭐니 해도!"

엄마가 낸 문제를 맞히기 위해 현지는 사진을 부지런히 넘겼다. 손을 멈춘 현지가 엄마에게 사진을 내보였다.

"카레."

"정답! 영지표 카레는 정말 맛있었어. 똑같은 재료로 만드는데도 영지가 만들면 이상하게 더 맛있단 말이야."

"영지만의 비결이 있어요."

"그게 뭔데?"

"양파가 갈색으로 변할 때까지 바짝 볶으면 카레 맛이 훨씬 풍부해진댔어요."

"역시 영지야. 우리도 따라 만들어 볼까?"

엄마가 비밀 얘기라도 하듯 목소리를 낮췄다.

"카레 해서 우리끼리 다 먹자. 그리고 이따 아빠가 와서 냄새 맡고 카레 했냐고 물으면, 모른 척 시치미 떼는 거야. 어때?"

엄마의 농담에 현지가 피식 웃었다. 현지는 창 너머 파란 하늘을 보았다. 영지가 늘 앉아서 내다보던 풍경이었다.

"보고 싶어요……."

"언젠가 다시 만날 거야."

엄마가 현지의 어깨를 토닥여 주었다. 바람을 담은 커튼이 다시 부풀어 올랐다.

'영지야, 다시 만날 때까지 거기 잘 있어.'

커튼 자락이 물러나며 바람이 현지에게로 불었다. 따뜻한 숨결 같은 바람이었다.

제자리멀리뛰기

동우가 무무 앞에 물그릇을 내려놓았다. 무무를 데리고 산책을 다녀온 참이었다. 동우는 물 마시는 무무를 대견한 마음으로 지켜보았다.

뎅그렁뎅그렁.

문방구 처마에 달린 풍경이 맑게 울렸다. 동우의 시선이 백계단으로 옮겨 갔다. 백계단 가운데 현지가 앉아 있었다. 동우는 백계단으로 가 현지에게서 좀 떨어진 자리에 앉았다.

"내가 여기 있는 건 어떻게 알았어?"

현지가 향수뜨개방을 가리켰다.

"엄마가 저기서 뜨개질 배우셔."

물그릇을 비운 무무가 길이 내다보이는 쪽에 앉아 늘 그렇듯 주인을 기다렸다.

"강아지 이름이 뭐야?"

현지가 물었다.

"우린 그냥 무무라고 불러."

"그냥?"

동우는 현지에게 무무의 잠 못 드는 사정을 들려주었다.

"무무도 빨리 찾았으면 좋겠다, 진짜 이름."

"이제…… 현지라고 불러도 돼?"

"응."

현지가 목에 건 목걸이의 펜던트를 뒤집어 동우에게 보여 주었다. 초록색 네잎클로버 펜던트 뒤에 새겨진 영문 이니셜 HJ가 보였다.

"그런 줄도 모르고 난……. 내가 좀 심했어."

"많이 심했어."

대답과 달리 현지의 표정은 편안해 보였다.

"미안해. 늦었지만 사과할게."

현지가 동우를 똑바로 쳐다보았다.

"이제 내가 물어볼게. 나한테 왜 그랬어?"

동우는 두 손을 꼭 맞잡고 한동안 말이 없었다.

한일태권도 셔틀버스가 천천히 백계단 앞을 지나갔다.

"우리 집은 반지하야. 내가 태어났을 때부터 그랬어. 반지하는 종일 볕이 안 들어. 낮에도 불을 켜야 해. 부모님은 집에서 하청

받은 야구모자를 만드는데 하루도 쉬지 않고 아침부터 밤까지 일하셔."

잠시 숨을 고른 뒤 동우가 이어 말했다.

"초등학교에 들어가서 보니까 나만 학원을 안 다니는 거야. 나도 다른 애들처럼 학원도 다니고 싶고 용돈도 받고 싶다고 졸랐어. 그런데 부모님은 미안하다고만 했지. 부모님도 밉고, 어쩐지 나도 싫어졌어. 그래서 생각한 게, 내가 나를 모른 척하는 거였어. 나는 김동우가 아니다. 나는 김동우가 아니다……. 그랬더니 어떻게 됐는지 알아?"

현지는 가만히 동우의 다음 말을 기다렸다. 동우는 발치에 시선을 고정한 채 꼼짝하지 않았다.

"비 오는 날 엄마가 우산 들고 마중 나왔을 때, 아빠가 내가 좋아하는 바나나킥을 사다 줬을 때, 받아쓰기 백 점 받아서 자랑하려고 집으로 달려갈 때…… 너무 행복한 순간에도 마음을 다해 좋아할 수가 없는 거야. 나는 김동우가 아니니까. 기뻐하면 안 돼, 하면서."

"마음이 많이 힘들었겠다……. 그런데 지금 너는 괜찮아 보여."

"힘들 때마다 도서관에 갔어. 모든 질문의 답은 책에 있다고 들었으니까."

"답을 찾았어?"

동우가 고개를 가로저었다.

"매일 도서관에 드나들며 책을 읽다 보니 언젠가부터 그 고민을 안 하고 있었어."

둘은 한동안 말이 없었다. 무무가 문방구 앞에서 꾸벅꾸벅 졸았다. 현지가 차분한 목소리로 말을 꺼냈다.

"영지는 나의 쌍둥이 자매이자 나의 베프였어. 나는 단짝인 영지를 잃는 게 너무 두려웠어. 그래서 내가 영지로 살면 현지와 영지, 둘 다 살릴 수 있다고 생각한 거야."

미스 마플의 말이 옳았다. 현지는 영지로 살고 싶었던 게 아니다. 영지를 살리고 싶었던 것이다.

동우는 고개를 푹 숙였다. 반바지를 입은 현지의 발목이 보였다. 파란 가로줄이 들어간 양말이 흰 반바지와 잘 어울렸다.

"현지야. 너 중학교 때, 전학 와서 첫 체육 수업 기억나?"

현지가 고개를 갸웃했다.

"체육복이 없어서 예전 학교 체육복 입었던 기억은 나."

"그날 체육 시간에 제자리멀리뛰기를 배웠어. 체육 선생님이 1번부터 차례대로 시켰는데 다들 엉터리로 뛰는 바람에 꾸지람 들었잖아."

"아, 기억나. 선생님이 육상 선수 출신이어서 멀리뛰기에 진심이었지."

"맞아. 드디어 마지막 순서가 되었어."

현지가 손가락으로 제 가슴을 가리켰다.

"마지막이라면 나? 전학 와서 영지랑 내 번호가 제일 뒤였잖
아."

"응, 구름판에 선 너는 다른 애들하고 좀 달랐어. 손목과 발목
을 번갈아 돌려 푸는데 그 모습이 꼭 프로 선수처럼 여유롭고
멋있었어."

현지가 씩 웃어 보이더니 마치 그날을 재현하듯, 일어서서 준
비운동을 했다.

"구름판 위에서 팔을 흔들며 몸에 반동을 주는가 싶더니 네가
휙 날아올랐어. 한 마리 새처럼."

동우의 말에 현지가 계단을 가볍게 뛰어내렸다. 열 계단을 훌
쩍 넘어간 현지가 두 팔을 벌리며 길 위에 깔끔하게 착지했다.

동우가 자리에서 일어났다.

"그래서 내가 어떻게 했는지 알아?"

돌아선 현지가 동우와 마주 보았다. 동우가 천천히 두 손을 들
어 올렸다. 그리고 현지를 향해 박수를 쳐 주었다.

"잘 돌아왔어. 서현지!"

불어온 바람이 붉게 달아오른 현지의 얼굴을 식혀 주었다. 현
지가 곧 진지한 얼굴로 물었다.

"하나 물어봐도 돼?"

"응."

"너 말야……, 영지 좋아했어?"

질문을 한 현지도 질문을 받은 동우도 눈을 마주치지 못했다.

"왜 그렇게 생각해?"

"그게, 네가 책도 추천해 주고, 같이 읽었다고 하니까."

"눈치는 영지가 너보다 빠른 것 같다."

"뭐?"

"서현지. 우리 도서관 갈래?"

동우는 백계단을 날듯이 내려왔다. 현지를 지나쳐 문방구로 들어가더니 곧 가방을 챙겨 나왔다. 그사이 무무의 머리를 쓰다듬고 있던 현지가 동우를 따라 나온 영욱을 보고 일어섰다. '미스 마플.' 동우가 현지를 향해 입을 벙긋거렸다.

"안녕하세요."

현지가 고개 숙여 인사했다.

"안녕. 동우 친구니?"

"네, 같은 반이요."

"이름 물어봐도 되니?"

"서현지입니다."

"만나서 반갑구나. 현지야."

"같이 도서관에 가려고요."

어깨에 가방을 둘러메며 동우가 말했다.

"현지야, 우리 동우랑 잘 지내렴. 좀 까칠하고 말투가 퉁명스러워서 그렇지 알고 보면 괜찮은 애야."

"칭찬이에요, 흉이에요?"

동우가 영욱에게 그만하라는 눈짓을 보냈다. 현지가 둘을 번갈아 보며 미소 지었다.

"또 보자. 현지야."

나란히 걸어가는 동우와 현지의 뒷모습을 지켜보던 영욱이 발치의 무무를 내려다보았다.

"다행이지? 무무."

무무가 꼬리를 살랑살랑 흔들었다.

여름방학

여름방학의 시작이었다.

등하교 시간에 드문드문 오가던 아이들의 발길마저 끊겨 향수문방구 앞은 종일 한적했다. 하나와 영욱은 원탁에 마주 앉아 짜요짜요를 먹었다.

"손님이 너무 없어요."

하나가 짜요짜요를 만지작거리며 걱정스레 말했다.

"문방구는 방학이 비수기잖니."

영욱이 다 먹은 짜요짜요 봉지를 접으며 태연히 대답했다. 딱히 성수기도 없는 향수문방구였다. 영욱이 옆자리를 보았다. 리라가 늘 앉던 자리였다. 탄자니아의 수도 도도마가 바로 보이는 자리.

"같이 먹다 혼자 먹으려니 맛이 없어요."

하나가 폭 한숨을 쉬었다. 풍경 소리에 돌아보니 동우가 무무의 산책 줄을 기둥에 묶고 있었다.

"또 동네 공원만 돈 건 아니지?"

"리라 집까지 갔었어."

놀란 하나와 영욱이 동우를 쳐다보았다.

"전에 데려다준 적 있잖아요. 오늘따라 무무가 그쪽으로 가자고 하더라고요."

"말 못 하는 동물이라도 저 이뻐한 건 아는 게지. 큼."

영욱은 자신의 속마음을 들킨 것 같아 부러 헛기침을 했다.

"든 자리는 몰라도 난 자리는 안다더니, 그 꼬맹이 하나 안 보이는 게 이렇게 허전할 일인가. 큼."

동우가 영욱을 따라 헛기침을 했다. 하나가 말했다.

"보고 싶으면 그냥 보고 싶다고 말해. 나는 리라 보고 싶어."

통 통 통.

그때 문밖에서 탱탱볼이 튀어 들어왔다. 무무가 컹컹 짖었다. 동우와 하나, 영욱의 시선이 한곳으로 모였다. 동우가 탱탱볼을 재빠르게 낚아챘다. 초록색으로 빛나는 탱탱볼. 하나와 동우가 튕기듯 일어나 문방구 밖으로 달려 나갔다.

리라가 백계단에 앉아 있었다. 회색 티셔츠에 배기바지, 형광색 히프 색 차림이 여전했다. 커트 머리가 바람에 날렸다.

"잘 지냈어? 하나 언니. 동우 오빠."

"어떻게 된 거야? 언제 온 거야? 이제 안 가는 거야?"

하나가 숨차게 질문했다.

"한 번에 하나씩 물어. 대답을 듣고 싶으면."

리라가 검지를 세우고 좌우로 흔들었다.

"완전히 돌아온 거야?"

이번에는 동우가 물었다. 리라가 고개를 가로저었다.

"여름방학이잖아. 방학 동안에는 여기서 지낼 거야. 준희 엄마 아빠가 그래도 된댔어."

"진짜? 너무너무 잘됐다. 정말 멋진 분들이다."

환호하던 하나의 얼굴이 이내 시무룩해졌다.

"이제 너를 뭐라고 불러야 해? 리라? 준희? 원래 이름이 우준희니까 준희가 맞을까? 하지만 내가 아는 너는 이기리라, 리라인데."

자리에서 일어선 리라가 팔을 들어 백계단 위 광나무를 가리켰다.

"광나무든 쥐똥나무든, 우준희든 이기리라든, 모두 나야. 나는 나야."

리라가 두 손으로 번갈아 가며 가슴을 두드렸다. 그 모습이 꼭 어린 고릴라 같았다.

"고릴라는 생각하지 말자."

동우가 씩 웃었다.

"유치해."

리라가 바닥을 발로 쿵쿵 굴렀다.

"그런데 도도마는?"

리라가 부르기를 기다렸다는 듯, 영욱이 문가에 나와 섰다.

"공 찾으러 왔니?"

"네!"

영욱이 바닥을 향해 탱탱볼을 튕겼다. 리라가 히프 색을 뒤로 돌려 메고는 빠른 걸음으로 백계단을 내려왔다. 때마침 한일태권도의 노란 셔틀버스가 지나갔다. 유치부 아이들이 리라를 보자마자 차창에 달라붙으며 일제히 돼지코를 만들었다. 하지만 리라는 예전처럼 씩씩거리지 않았다. 대신 팔을 높이 들어 멀어지는 버스를 향해 손을 흔들었다. 길을 건넌 리라는 꼬리를 흔들며 반기는 무무의 머리를 쓰다듬었다.

"못 본 동안 큰 거 같구나."

영욱이 리라를 향해 탱탱볼을 내밀었다. 리라는 탱탱볼을 히프 색에 집어넣었다.

"네, 바지가 좀 짧아졌어요."

"마음의 키가 컸다는 거야, 미스 마플 말은."

리라가 동우를 흘겨보았고 하나가 동우의 옆구리를 쿡 찔렀다.

리라는 잠시 문방구를 바라보았다 아주 오랜만인 것 같기도, 어제 왔던 것 같기도 했다. 리라가 웅얼거렸다.

"보고 싶었어요……."

"뭐라고?"

동우가 못 들은 척 능청을 떨었다.

"보고 싶었다고? 누가? 우리가!"

물음표에서 느낌표로 바뀌어 가는 하나의 말에서 벅찬 감격이 느껴졌다. 민망해진 리라가 시선을 피하며 딴짓했다.

"오랜만에 다 모였는데, 세 번 꼰 꽈배기 어때? 사 올 사람?"

영욱의 말에 리라가 손을 번쩍 들었다. 그러고는 꽈배기 가게를 향해 뛰어갔다. 허리춤의 히프 색이 경쾌하게 흔들렸다.

모험의 시작

"패딩은 좀 오버 아니야?"

"한여름이라고."

동우와 리라가 하나를 보며 한마디씩 했다. 세 아이의 머리 위로 매미 소리가 요란했다. 하나는 지퍼를 끝까지 올린 커다란 카키색 패딩 차림이었다. 하나가 입을 비죽이며 말했다.

"헐렁한 옷이라곤 아빠 패딩밖에 없는 걸 어떡해?"

"어쨌든 하나, 네 임무가 제일 중대한 거 알지?"

동우가 패딩 앞자락을 눈짓으로 가리키자 하나가 힘주어 고개를 끄덕였다.

"리라가 앞서고 하나, 그리고 내가 붙는다."

동우의 수신호를 받은 리라가 코너를 돌아 종합 병원의 정문을 향해 걸었다. 그 뒤를 하나와 동우가 쫓았다.

한낮의 병원 로비는 오가는 사람들로 복잡했다. 셋은 탕후루처럼 앞뒤로 바짝 붙어 엘리베이터를 향해 빠른 걸음을 옮겼다. 엘리베이터의 문이 열리고, 리라와 하나가 냉큼 뛰어들었다. 한숨을 돌리며 돌아서는데 닫히는 문 너머로 동우의 얼굴이 보였다. 엘리베이터 앞에 사람이 너무 많아 뒤처진 것이다. 기겁한 리라가 열림 버튼으로 손을 뻗었지만 이미 늦었다. 팔짱을 낀 하나의 이마에 땀방울이 송골송골 맺혔다.

"한여름에 웬 패딩이니? 땀까지 흘리면서."

환자복을 입은 아주머니가 하나에게 말을 걸었다. 하나는 어색하게 웃으며 몸을 바짝 움츠렸다. 한 층 한 층 엘리베이터가 설 때마다 리라가 문밖으로 목을 길게 빼고 내다보았지만 동우는 보이지 않았다. 그때 안쪽에서 요란한 재채기 소리가 났다.

"왜 그래?"

뒤에서 아저씨가 물었다.

"나 개털 알레르기 있잖아. 개 키우는 사람 옆에만 있어도 이런다니까. 에취."

아주머니가 훌쩍거리며 대답했다. 땀 흘리던 하나의 얼굴이 얼어붙었다. 때마침 엘리베이터 문이 열렸다. 하나가 리라의 소매를 잡아끌며 내렸다. 리라가 속삭였다.

"아직 육 층인데?"

"계단으로."

하나가 비상구 문을 열고 리라를 떠밀었다. 둘은 십 층 비상구 문을 열고 조심스럽게 복도로 나왔다. 어디선가 동우가 나타나 자연스럽게 합류했다. 셋이 몸을 낮춰 살금살금 간호사실 앞을 지날 때였다.

"너희들 어디 가니?"

간호사가 데스크 너머로 고개를 내밀었다.

"1002호 이재관 환자 면회 왔어요."

동우답지 않게 반올림된 목소리였다.

"어떤 사이인데?"

간호사는 셋에게서 눈을 떼지 않았다. 셋은 동시에 외쳤다.

"아빠요!"

"이모부요!"

"옆집 아저씨!"

"그래."

간호사가 뒤늦게 고개를 갸웃하며 돌아보았지만 셋은 바람처럼 사라진 뒤였다.

1002호 문 앞 침상의 할아버지가 셋을 무심히 쳐다보았다. 보호자용 침대에 앉은 간병인 아주머니는 유튜브에 빠져 셋이 들어오는 줄도 몰랐다. 셋은 '이재관' 이름표가 붙은 침상 앞에 나란히 섰다. 무무의 주인은 눈을 감고 있었다. 손가락에는 작은 센

서가 끼워져 있었다.

리라가 하나에게 눈짓했다. 동우도 손가락으로 작은 동그라미를 만들어 보였다. 하나가 패딩 지퍼를 가슴께까지 내렸다.

벌어진 지퍼 사이로 작고 둥근 머리가 쑥 밀고 나왔다. 무무였다. 무무가 고개를 들어 하나와 동우, 리라를 번갈아 보았다. 두리번거리던 무무의 시선이 한곳에서 멈췄다.

멍!

할아버지의 눈이 동그랗게 커졌다. 이어 간병인이 의심쩍은 눈으로 셋을 돌아보았다.

멍!

동우가 손으로 제 입을 막았다. 리라도 따라서 입을 막았다. 무슨 말인지 알아들었지만 하나는 무무의 입을 막는다는 게 긴장한 나머지 자기 입을 막아 버렸다.

멍멍!

무무가 더 크게 짖었다.

"이게 무슨 소리죠?"

간호사가 병실 입구에 서 있었다.

"저기서 개가 짖어."

할아버지가 확신에 차서 말했다. 리라와 하나가 동시에 동우를 돌아보았다. 동우의 눈동자가 바쁘게 움직였다. 이럴 땐 삼십 육계 최후의 방법, 주위상책이 최고다!

"튀어!"

동우의 말이 끝나기가 무섭게 리라가 문 쪽으로 달렸다. 무무를 부둥켜안은 하나가 그 뒤를 따랐다. 하나의 품 안에서 무무가 모험 영화의 주인공처럼 신나게 짖어 댔다. 놀란 간호사가 동우를 향해 팔을 뻗었지만, 간발의 차이로 놓쳤다.

리라와 하나가 때마침 도착한 엘리베이터에 날듯이 뛰어들었다. 동우도 엘리베이터를 향해 달렸다. 뒤에서 간호사가 소리를 지르며 쫓아왔다. 동우가 엘리베이터 안으로 몸을 날리자 리라가 빛의 속도로 닫힘 버튼을 눌렀다.

일 층 엘리베이터 앞에는 간호사실의 연락을 받은 원내 경비가 아이들을 기다리고 있었다. 땡! 엘리베이터의 문이 열렸다. 경비가 안을 살피고는 고개를 갸웃했다. 엘리베이터 안에는 아무도 없었다.

로비 한쪽의 비상구 문이 슬며시 열렸다. 동우였다. 카키색 패딩을 입고 두 손을 주머니 깊숙이 찔러 넣은 채였다. 패딩이 제 것인 양 딱 맞았다. 엘리베이터 앞에서 우왕좌왕하는 경비가 보였다. 동우는 성큼성큼 로비를 가로질러 병원을 빠져나갔다.

병원 화물 하적장, 직원이 세탁물을 높게 쌓아 올린 카트를 밀고 지나갔다. 옆에서 카트를 따라 걷던 하나와 리라가 입구 쪽으로 뛰었다. 하늘색 스트라이프 티셔츠를 입은 하나의 표정이 한 결 가벼워 보였다.

영욱은 읽던 책을 무릎에 내려놓고 백계단을 보았다. 한껏 달아오른 얼굴의 리라가 개구멍 앞에 누워 있었다. 동우는 계단 가운데 널브러져 숨을 몰아쉬었다. 계단 난간에 패딩이 걸려 있었다. 옆에 선 무무가 동우 얼굴을 핥아 주었다. 하나는 백계단 난간에 기대 다리를 주무르고 있었다.

아이들이 뛴다는 건 무슨 일이 벌어졌다는 신호다. 저 셋이 동시에 뛴다? 그건 사건이다. 주머니에서 진동이 느껴졌다. 영욱은 휴대폰을 귀에 대고는 말없이 들었다. 한두 번 고개를 끄덕이다가 깊이 탄식했다. 전화를 끊은 영욱은 자리를 털고 일어나 어닝 밖으로 나갔다. 빛에 눈이 부셨다. 질끈 눈을 감았다. 눈앞에서 많은 것들이 날아올랐다 사라졌다. 눈을 뜨자 좁은 터널 속에서 세 아이가 꾸밈없이 맑은 눈으로 영욱을 바라보고 있었다.

"도대체 무슨 짓을 한 거야."

영욱은 손에 쥔 휴대폰을 들어 보였다.

"이 형사 전화야. 너희들 말이다……, 큰일을 저질렀더구나."

서서히 좁아지던 터널이 끝내 닫히고, 완전한 어둠이 찾아오더라도 세 아이는 빛 속에 온전히 남을 것이다.

"무무!"

무무가 한쪽 귀를 쫑긋 세우며 영욱을 돌아보았다. 영욱은 할 말이 보름달처럼 충만해지기를 기다렸다가 천천히 입을 열었다.

"네 주인이 깨어났다는구나."

무무가 자리에서 일어섰다. 깜짝 놀란 하나가 동우를 바라보았다. 동우가 믿을 수 없다는 듯 리라를 돌아보았다. 볼이 발간 리라가 자리를 박차고 일어나더니 쏟아질 듯 계단을 달려 내려와 영욱 앞에 섰다.

"너희들이 다녀가고 나서, 바로."

리라가 우뚝 서더니 허리에 두 손을 척 올렸다. 그거 보란 듯. 그럴 줄 알았다는 듯.

영욱은 청바지 주머니에 두 손을 찔러 넣었다. 그리고 고개를 끄덕이며 리라와 마주 섰다. 배기바지, 회색 티셔츠, 허리에 두른 형광색 히프 색까시. 리라는 처음 만났을 때 그 모습 그대로였다. 리라와 영욱의 시선이 수평선처럼 나란했다. 서로를 바라보는 데 조금의 치우침도 없었다.

어제 던진 공

"도도마!"

리라였다. 캠핑 의자에 앉아 책을 읽던 영욱이 문방구 안을 들여다보았다.

"왜 그래?"

아무 대답이 없었다. 다시 책으로 고개를 돌리려는데 또 불렀다.

"도도마! 도도마!"

영욱은 책을 내려놓고 천천히 일어섰다. 부쩍 시야가 좁아져 쉽게 어지럼증이 일었다. 목소리가 들린 계산대 쪽으로 갔다. 계산대 뒤 커다란 진열장 앞에 리라가 바짝 엎드려 있었다. 삼십 센티미터 자로 진열장 밑을 휘저으며 안간힘을 썼다. 영욱이 재채기를 하며 한 발짝 물러섰다.

"그 먼지만 똘똘 뭉쳐도 탱탱볼 하나는 너끈하겠구나."

"찾았어요!"

리라가 영욱을 올려다보았다. 먼지가 묻어 한쪽 뺨이 까뭇까뭇했다.

"저기, 구석에 있어요. 그런데 잡히지 않아요."

리라의 얼굴이 시무룩해졌다.

"자로 꺼내려 했는데 밀려서 더 들어가 버렸어요."

"오래 쫓은 용의자일수록 검거가 어려운 법이지."

리라가 히프 색에서 노트를 꺼내 영욱의 말을 받아 적었다.

"어쩌죠?"

영욱이 어깨를 가볍게 들어 보였다.

"어쩌긴. 잡으러 들어가야지."

그때 하나와 동우가 문방구로 들어왔다. 무무도 함께였다.

"지원 요청은 안 해도 되겠구나."

영욱의 말에 리라가 눈을 반짝였다.

어닝 위로 해가 턱걸이 중이었다. 레몬색이던 낮이 홍시 빛으로 익어 갔다. 무무는 방석 위에 몸을 동그랗게 말고 곤히 잠들어 있었다. 하나가 진열장에서 짐을 꺼내면 리라가 넘겨받아 분주히 옮겨 놓았다. 진열장에서 꺼낸 수첩, 스티커, 색연필 등이 한쪽에 가득했다. 동우와 영욱은 하나와 리라가 선반을 한 칸씩 비울 때마다 진열장을 들어 보며 무게를 가늠했다.

"이제 되겠는데."

영욱과 동우가 빈 진열장을 양쪽에서 잡았다. 오랜 시간 한자리에 붙박이로 있던 터라 이리저리 끌고 당기며 씨름해야 했다. 드디어 진열장이 앞으로 끌려 나왔다. 하나와 리라가 폴짝 뛰며 하이 파이브를 했다.

진열장 뒤에는 먼지가 켜켜이 앉아 있었다. 그리고 먼지를 둥지처럼 틀고 숨은 것들이 보였다. 하나가 동전 하나를 집어 올렸다. 백 원이었다.

"대박. 옛날 동전이야."

손바닥의 동전을 가만히 보던 하나가 말했다.

"1981년에 만들어진 동전이네요. 우리 엄마도 1981년에 태어났는데. 외할, 저 이 동전 가져도 돼요?"

"얼마든지."

하나는 동전의 먼지를 떨어 낸 뒤 주머니에 넣었다.

진열장 뒤를 살피던 영욱이 뭔가를 집어 들었다. 영욱의 손바닥에 연초록빛 구슬 하나가 놓여 있었다.

"이 구슬, 탱탱볼 닮았어요."

리라가 기웃거렸다.

"그렇게 찾아도 없더니. 여기 있었구나."

"구슬이 크네요."

동우의 말에 영욱이 대답했다.

"왕 구슬이야. 잘 들여다보면 주황색 물고기 한 마리가 보여."

세 아이가 신기한 듯 구슬을 들여다보았다.

"어렸을 때 아버지에게 받은 거야. 하루는 문구 도매상에 다녀온 아버지가 나를 부르더니 손에 이걸 쥐여 줬어."

"어, 그럼?"

하나가 눈을 동그랗게 떴다.

"미스 마플, 옛날에 여기 살았던 거예요?"

동우가 검지손가락으로 아래를 가리키며 물었다. 영욱은 구슬을 들어 올리고는 천천히 눈을 감았다 떴다. 투명한 구슬 속에서 주황색 물고기 한 마리가 헤엄치고 있었다. 터널이 완전히 닫히기 전에 다시 볼 수 있어 다행이었다.

"찾았다!"

리라가 진열장 뒤에서 팔을 치켜들었다. 손에는 탱탱볼을 쥐고 있었다. 탱탱볼은 눈가루가 날리듯 반짝반짝했다. 리라의 말대로 무지개색이었다.

"보세요."

리라가 탱탱볼을 영욱에게 내밀었다.

"드디어 찾았구나. 어제 던진 공."

영욱은 탱탱볼을 받아 손바닥 안에서 가볍게 굴렸다.

"마침 다들 모여 있었네요."

돌아보니 이 형사가 문방구로 들어오고 있었다.

"형사가 자꾸 문방구에 드나들면 곤란해."

"오늘은 여기 학생 삼인조한테 볼일이 있어요. 일단 앉으세요. 너희들도."

하나와 리라가 쭈뼛거리며 다가왔다. 동우는 아무렇지 않은 척 이 형사의 옆자리에 앉았지만 긴장한 표정이었다. 영욱은 아이들 얼굴을 슬쩍 살피며 자리에 앉았다.

"잠입부터 탈출까지. 대단한 작전이었어. 팀워크 인정."

이 형사의 말뜻을 헤아리느라 아이들의 눈빛이 흔들렸다.

"개 데리고 병원 들어간 잘못은 개 주인 깨어난 공으로 퉁치기로 하고."

아이들은 저도 모르게 한숨을 내쉬었다. 이 형사가 영욱을 보며 말을 이었다.

"다행히 피해자가 당시 상황을 기억하고 있어서 용의자는 쉽게 특정할 수 있었어요. 일용직으로 일할 때 만난 사람인데 도박 빚이 좀 있었나 봐요. 피해자한테 만기 된 예금이 있다는 소리를 듣고 돈 빌릴 생각에 찾아갔는데, 거절당하니 순간 화가 나서 그랬다고. 순순히 털어놓더라고요."

"잘됐군. 무무 입에서 나온 천 조각까지 쓸 필요는 없게 되었으니."

"발뺌하면 급한 대로 그거라도 들이밀려 했어요. 그런데 그럴 필요도 없이 무무가 표시를 제대로 해 뒀더라고요. 범인 발목에 이빨 자국이 아직도 선명해요."

"잘했어, 무무!"

리라가 무무를 향해 외쳤다.

"궁금한 게 있는데요. 무무 진짜 이름은 뭐예요?"

동우의 물음에 모두의 시선이 이 형사에게로 쏠렸다.

"안 그래도 환자가 개부터 찾길래 좋은 데서 임시 보호 중이라고 했어. 동네에 돌아다니는 유기견이었는데 데려다 키운 지 이제 일 년 좀 넘었다더라."

"그래서 이름이 뭔데요?"

하나가 대답을 재촉했다.

"흔한 이름이야. 뽀삐."

"뽀오삐이?"

동우와 하나가 동시에 외쳤다. 부르는 소리에 벌떡 일어난 무무가 꼬리를 살랑살랑 흔들었다. 영문을 모르는 리라가 하나와 동우를 번갈아 쳐다보았다. 영욱은 그럴 줄 알았다는 듯 어깨를 으쓱였다.

"짧은 갈색 털에 팔랑거리는 큰 귀, 흰 털로 덮인 둥근 주둥이. 흰자위가 넓어 사람 같은 눈. 무무 주인은 중년이야. 뽀삐 화장지에 익숙한 세대지."

모두가 고개를 끄덕였다.

"실력 녹슬지 않았는데요. 선배님, 이참에 문방구 접고 추리 교실을 여는 건 어때요? 전직 형사 신영욱의 추리 교실. 수제자도 벌써 세 명인데."

"쓸데없는 소리 하려거든 그만 가. 형사가 왜 이리 한가해."

영욱이 핀잔을 놓았다.

"무무, 아니 뽀삐는 당분간 더 부탁할게요."

이 형사가 무무의 머리를 한 번 쓰다듬고는 문방구를 나섰다. 영욱 옆으로 리라와 하나 그리고 동우가 나란히 서서 이 형사를 배웅했다.

"가져가렴."

영욱이 리라에게 탱탱볼을 돌려주었다.

"다음부턴 생각하고 던져."

하나가 주의를 주었다.

"까딱하면 또 잃어버린다."

이번에는 동우가 겁을 주었다.

"다시 찾으면 되지."

손바닥의 탱탱볼을 가리키며 리라가 주문을 외듯 말했다.

"일단 던져! 던지고 생각해!"

리라가 던져 올린 탱탱볼을 사뿐히 받아 히프 색에 집어넣었다. 허리 뒤로 돌려 멘 히프 색을 경쾌하게 두드리고는 안으로 들어가 무무를 데리고 나왔다.

"가자 가자."

백계단으로 향하는 리라와 무무를 하나와 동우가 뒤따랐다.

영욱은 눈을 감았다 떴다. 그리고 백계단의 세 아이를 바라보았다. 좁아지는 터널 속에서도 아이들은 온전히 빛나고 있었다.

보름달에게 빌고 싶은 바람이 다시 생겼다. 저 아이들이 있는 풍경을 오래도록, 가까이서 보고 싶었다. 어제 던진 공을 찾는 모습을 지켜보고 싶었다. 마침내 공을 찾아 영욱에게 보여 주려고 달려온 아이들에게 잘했다고 말해 주고 싶었다.

백계단을 날려 올라간 리라가 영욱을 향해 팔을 크게 흔들었다. 하나와 동우가 돌아보며 웃었고 무무가 꼬리를 흔들었다. 순한 바람이 불었다. 광나무 가지가 부드럽게 흔들리며 바람의 말을 들었다. 무성한 초록 잎들이 계단 위로 눈부신 그늘을 만들었다. 빛나는 그림자 속에서 아이들은 안전했다. 아이들은 잘 자랄 것이다. 빛과 바람은 충분했다.

영욱은 안도하며 두 눈을 감았다.

아이는 백계단에 앉아 있었다.

    소설 『탱탱볼』은 이 문장으로 시작되었습니다.

    어느 날 저는 판화용 조각도를 사기 위해 초등학교 앞 문방구로 갔습니다. 문방구 아저씨는 선반 여기저기를 한참 뒤져 '왕자 조각도'를 찾아냈습니다. 아저씨가 조각도 상자에 쌓인 먼지를 툭툭 떨어내자 먼지가 공중으로 날아오르며 빛의 조각처럼 반짝였습니다. 집으로 돌아와 조각도로 지우개에 이름을 새기는데 문득 한 아이가 떠오릅니다. 아이의 이름은 리라이고 초등학교 3학년입니다. 리라를 따라 중학생 하나와 고등학생 동우, 잠 못 드는 강아지도 문방구로 모여듭니다.

    소설의 배경이 되는 백계단은 지어낸 공간이지만 오래된 초등학교와 정겨운 이름의 향수아파트, 아파트와 이름이 같은 향수문방구는 실재합니다. 서툰 솜씨로 조각한 지우개 스탬프는 써보지도 못하고 버렸지만 몇 계절을 지나며 완성된 이야기는 다행히 책이 되었습니다.

문장에서 특유의 리듬감이 느껴진다는 말을 많이 듣는데요, 글을 쓸 때는 항상 음악을 듣습니다. 『탱탱볼』을 쓰는 동안에도 글에 필요한 플레이리스트를 만들어 두고 쓰는 내내 들었습니다. 몇 곡 소개해 볼게요. 원필의 〈행운을 빌어 줘〉, 미카의 〈We Are Golden〉, 윤하의 〈별의 조각〉, 마데온의 〈Imperium〉 그리고 막스 리히터의 〈새로운 사계: 비발디 리컴포즈드, 여름 3〉입니다. 소설의 문장에서 독특한 운율이 느껴진다면 이 음악들 덕분입니다. 플레이리스트의 마지막 곡은 엑소의 〈Universe〉입니다. 이 노래의 가사가 탱탱볼을 통해 여러분에게 전하고 싶은 메시지이기도 합니다.

문학동네 편집부에 감사드립니다. 별나고 거친 이야기를 둥글게 다듬느라 애쓰셨습니다. 소설은 혼자 쓰지만 책은 함께 만든다는 걸 다시금 깨닫습니다. 격려와 관심으로 초고 완성에 도움 준 고요한 소설가에게도 마음 전합니다. 고마워요.

이제 탱탱볼은 제 손을 떠납니다. 누구의 마음에도 생채기 내지 않는 이야기였으면 좋겠어요.

통, 통, 통

세상에서 가장 멋진 우주, 여러분을 향해
잘 튕겨 가기를 바라요.

2024년 8월

수평선처럼 나란한 시선으로, 강이라

영욱과 동우, 하나가 읽던 추리소설이 궁금하다면,
도서관에서 이 책들을 찾아보자.

『명탐견 오드리 추리는 코끝에서부터』 정은숙 글, 이주희 그림, 사계절

『보라선 열차와 사라진 아이들』 디파 아나파라 지음, 한정아 옮김, 북로드

『부스러기들』 이르사 시구르다르도티르 지음, 박진희 옮김, 황소자리

『셜록 홈즈 전집 3: 바스커빌 가문의 개』 아서 코난 도일 지음,
시드니 파젯 그림, 백영미 옮김, 황금가지

『솔로몬의 위증 1~3』 미야베 미유키 지음, 이영미 옮김, 문학동네

『스타일스 저택의 괴사건』 애거사 크리스티 지음, 김남주 옮김, 황금가지

『아르센 뤼팽 전집 6: 수정마개』 모리스 르블랑 지음, 심지원 옮김, 황금가지

'에놀라 홈즈' 시리즈, 낸시 스프링어 지음, 김진희 외 옮김, 북레시피

『여자에게 어울리지 않는 직업』 P. D. 제임스 지음, 이주혜 옮김, 아작

『열세 가지 수수께끼』 애거사 크리스티 지음, 이은선 옮김, 황금가지

『오리엔트 특급 살인』 애거사 크리스티 지음, 신영희 옮김, 황금가지

'추리 천재 엉덩이 탐정' 시리즈, 트롤 지음, 김정화 옮김, 미래엔아이세움

『패딩턴발 4시 50분』 애거사 크리스티 지음, 심윤옥 옮김, 해문출판사

『화요일 클럽의 살인』 애거사 크리스티 지음, 유명우 옮김, 해문출판사

『황금벌레』 에드거 앨런 포 지음, 김병철 옮김, 동서문화사

『Y의 비극』 엘러리 퀸 지음, 강호걸 옮김, 해문출판사

탱탱볼: 사건은 문방구로 모인다
ⓒ 2024 강이라

초판인쇄 2024년 8월 20일 | 초판발행 2024년 8월 30일
글쓴이 강이라 | 책임편집 강지영 | 편집 김지수 정현경 원선화 이복희 | 디자인 신수경
마케팅 정민호 서지화 한민아 이민경 안남영 왕지경 정경주 김수인 김혜원 김하연 김예진
브랜딩 함유지 함근아 박민재 김희숙 이송이 박다솔 조다현 정승민 배진성
저작권 박지영 형소진 최은진 오서영
제작 강신은 김동욱 이순호 | 제작처 영신사
펴낸곳 (주)문학동네 | 펴낸이 김소영 | 출판등록 1993년 10월 22일 제2003-000045호
주소 10881 경기도 파주시 회동길 210 | 전자우편 kids@munhak.com
홈페이지 www.munhak.com | 카페 cafe.naver.com/mhdn
북클럽 bookclubmunhak.com | 트위터 @kidsmunhak | 인스타그램 @kidsmunhak
대표전화 (031)955-8888 팩스 (031)955-8855
문의전화 (031)955-3576(마케팅) (02)3144-0730(편집)
ISBN 979-11-416-0713-5 03810